Freiheit ist einen Kampf wert

Bjarne Reuter wurde 1950 geboren. Mit dreißig Jahren war er bereits ein erfolgreicher Autor und konnte seinen Beruf als Lehrer aufgeben, um sich ganz dem Schreiben zu widmen. Für seine Bücher wurde er mehrfach ausgezeichnet, u.a. mit dem Deutschen Jugendliteraturpreis.
Im Carlsen Taschenbuch ist von Bjarne Reuter außerdem der Titel *Ein Fakir für alle Fälle* (CTB 175) lieferbar.

Bjarne Reuter

Freiheit ist einen Kampf wert

Aus dem Dänischen von
Gabriele Haefs

CARLSEN

Veröffentlicht im Carlsen Verlag
September 2002

Originalverlag: Gyldendal, Kopenhagen
Originaltitel: Drengene fra Skt. Petri

Umschlagbild: Eckhard Lembke
Umschlaggestaltung: Doris K. Künster / Britta Lembke
Corporate Design Taschenbuch: Dörte Dosse
Satz: H & G Herstellung, Hamburg
Druck und Bindung: Elsnerdruck, Berlin
ISBN 3-551-35190-2
Printed in Germany

Sommer 1942

»Erst nehmen wir uns Göring
an seinem fetten Bein.
Danach nehmen wir uns Goebbels,
schlagen ihn mit einem Stein.
Hitler wird dann aufgehängt
und Ribbentrop kriegt nichts geschenkt.
Dann werden sie zum Lachen sein,
die vier alten Nazischwein'!«

1. Kapitel

Zwei Dinge hatte er Gunnar nicht erzählt. Das eine war greifbarer als das andere und sollte eigentlich eine Überraschung sein, die den anderen ein für alle Mal beweisen sollte, dass er zwar der Jüngste war, aber nicht der Dümmste, wenn es ernst wurde.
Lars lächelte, beugte sich über den Schreibtisch und blickte in den üppigen Pfarrgarten hinaus, wo die Wäsche im Juniwind flatterte.
Das zweite Geheimnis …
Zögernd verließ er den Schreibtisch und verspürte ein leichtes Ziehen im Bauch. Es war fast schon drei. Bald wird der Schatten des Kirchturms wie ein mahnender Zeigefinger auf Rasen, Flaggenstange und Küchengarten fallen.
Das zweite Geheimnis sollte ein Geheimnis bleiben. Für immer und ewig. Wenn möglich. Er legte eine flache Hand auf den Globus, der sich willig drehte. Zwischen Mittel- und Ringfinger konnte er Texas sehen. Wenn der Krieg eines Tages überstanden war, wenn die Grenzen wieder offen waren, wenn sich die Welt entfaltete, dann wollte er reisen, herumsummen wie eine fleißige Hummel und alles aufsaugen.
Es schlug drei. Er kannte seinen großen Bruder gut

genug, um zu wissen, dass er in der nächsten Minute in der Tür stehen würde. Genau wie verabredet.
»Aber alle Geheimnisse«, flüsterte Lars, »haben ihre schwache Stelle.«
Jetzt hörte er Gunnars Schritte im Flur. Schwer und zielbewusst. Der große, ernste Gunnar, der im nächsten Jahr das Abitur machen wird, ein natürlicher Anführer, die geborene Autorität, der reine Engel.
Lars kannte ihn schon, noch ehe er sich selber kannte.
Gunnars Gesicht. Über der Hängematte. Ein Sommertag in Dänemark. Die Familie hält sich im Garten auf. Lars hat an der Luft seinen Mittagschlaf gehalten. Gunnars rotblonde Feenhaare umgeben sein seliges Mondgesicht wie ein Heiligenschein. Seine Augen sind halb geschlossen. Aus lauter Seelenfrieden, wie ihr Vater sagen würde. Hinter Gunnars Gesicht ist nur der Himmel zu sehen, und der ist unendlich blau. Für einen kurzen Moment glaubt Lars, Gunnar fliege. Es trennen sie nur achtzehn Monate, aber Gunnar ist als Erwachsener geboren worden. Der Engel von St. Petri, der reine Segen. Er nimmt Lars an der Hand und führt ihn zum Kaffeetisch. Das Bild stammt aus der Zeit vor dem Krieg. Zum Bild gehören auch gedämpfte Stimmen und klirrendes Porzellan. Friede, keine Gefahren. Die Vögel plustern sich im Staub und im Turm gurren die Tauben. Depression, Stiefeltrampeln und Besatzung gibt es nicht in dieser Welt. Wenn das Gespräch zwei Schatten in diesem lokalen Paradies erwähnt, dann sind das die Arbeitslosigkeit und Stalins Russland. Aber auf dem Tisch gibt es selbst gebackene Rosinenbrötchen neben dem

Service mit den Tassen mit Muschelmuster, die im Kreis um die blaue Kaffeekanne herum aufgestellt worden sind. Und am Tischende sitzt der goldene Gunnar und hat seinen Blick auf unendlich eingestellt. Um den Mund liegt ein seliges Lächeln, seine Augen sind halb geschlossen. Er schließt den Himmel in sich ein.

Vor der Tür ließ er sich wirklich Zeit. Gunnar hatte sein Verhältnis zur Zeit beibehalten. Die sollte ihn nicht jagen dürfen.

Obwohl er älter geworden und seinen Eltern über den Kopf gewachsen war, war er immer noch derselbe. Eine Zierde für die Stadt, für seine Familie und nicht zuletzt auch für den Ruderklub.

Lars war nicht im Schlagschatten von irgendwas oder irgendwem aufgewachsen. Sondern in Gunnars Licht.

»Ich liebe ihn«, lächelte Lars und musste zugeben, dass sich das eine Spur herablassend anhörte.

Es klopfte.

Die Meerschaumpfeife, die in Gunnars Mundwinkel hing, ist ein Erbstück und ein Adelszeichen. Sie ist bernsteingolden, krumm wie ein Posthorn und riecht wie verbrannte Pantoffeln. Zum Ausgleich hat ihr hochheiliger Großvater, der Bischof von Viborg, ein Menschenalter lang an diesem Holzschnorchel genuckelt und ein unbestätigtes Gerücht behauptet, dass das Mundstück bis in die Tage des Dichters Steen Steensen Blicher zurückverfolgt werden könne, der, Gunnar zufolge, mit seinen kleinen schwarzen Zähnen die berühmten Kratzer in die Pfeife geritzt hat. Und das machte die Pfeife in Gunnars Augen oder, genauer gesagt, in seinem Mund zu etwas Einzigartigem. Etwas, das nicht von dieser Welt war. Er hatte sie von ihrem Vater geerbt, der an einem Teil Asthma und zwei Teilen Hypochondrie litt und der sie deshalb Gunnar gegeben hat als Stafette und ... Zepter.

Für Gunnar war sie außerdem noch Talisman und Reliquie und erfüllte ihn mit dem Geist seiner Vorväter. Reiner Aberglaube natürlich und jedenfalls stinkend.

»Na, sitzt du hier?«, fing Gunnar an und nuckelte an seiner Pfeife.

»Ja, das ist mein Zimmer«, murmelte Lars und verdrehte die Augen.

Ironie war bei Gunnar leider vergeudet. Er glotzte mit Kennermiene einen kleinen Kupferstich an, der irgendeinen Domprobst aus Ribe darstellte, dessen äußere Ähnlichkeit mit einem schottischen Hochlandschaf der Grund dafür war, dass Lars das Bild immer noch hängen hatte. Gunnar sah seinen heiligen Vergnügensverbreiter an und räusperte sich. Er würde niemals einem geistigen Hochlandschaf ähneln, auch wenn längst entschieden war, dass Gunnar Balstrup nach dem Abitur in Kopenhagen Theologie studieren sollte. In Lars' Augen konnte er sich aber einfach damit begnügen, zwei Jahreskontingente Pfeifenreiniger zu schicken und die Tabakreste des Bischofs beizulegen, die im engeren Kreis mit fast der gleichen Ehrfurcht betrachtet wurden wie die Schriftrollen vom Toten Meer.

Gunnar sagte: »Wie du weißt, hängt das alles von dir allein ab.« Er hörte sich freundlich und entschieden an. Wie ein Arzt, der zum Patienten sagt: »Persönlich würde

ich eine Operation empfehlen, aber die Entscheidung liegt bei Ihnen!«
»Ich will das, Gunnar«, sagte Lars mit übertriebenen Mundbewegungen. »Ich will.«
Gunnar sah aus dem Fenster. Draußen flickte die Mutter eines der weißen Hemden ihres Vaters.
»Heute Abend um 20.15 Uhr«, sagte er. »Beim Abendgottesdienst, wo Vater das Aufgebot für Ellen und Viggo verkündet und wo wir unter anderem singen werden: ›Bis hierher hat uns Gott geführt‹.« Er sah Lars voll an und fügte hinzu: »Wir verdrücken uns mitten in der zweiten Strophe.«
Lars sah hinaus in den Garten, wo jetzt die Schatten fielen. Wo das Kriegsgetümmel, wie die Mutter das ausdrückte, niemals Zutritt haben sollte.
Gunnar summte das Lied, das er auswendig konnte. Er sang wesentlich besser als der Küster, der die ganze Gemeinde in Grund und Boden brüllen konnte, und zehnmal besser als sein Vater, der Probst.
»Wenn man Asthma und Kirchenlieder mischt, dann hört sich das eben so an«, war dessen Entschuldigung.
Gunnar lächelte Lars kurz an. »Wie viel wiegst du, Bruderherz?«
»61 Kilo, Herr Doktor, und wenn ich mein Holzbein abnehme, dann ein Kilo weniger.«
Gunnar öffnete das Fenster. »Ich frage ja mehr deinetwegen«, sagte er.
Lars war leicht gereizt von dem ganzen Gefasel. Gut, er war ein bisschen nervös. Wusste gut, dass das Gewicht eine Rolle spielte.

»Aber der Flaschenzug ist ja auch noch da«, sagte Gunnar dann.

»Ich halt ihn mit den Zähnen«, erwiderte Lars stolz.

Gunnar sah ihn skeptisch an, dann breitete er die Arme aus und gähnte herzhaft. Gute Arme, dachte Lars, Engelsarme.

»Wir mussten deshalb ja abstimmen«, erzählte Gunnar. »Zweimal sogar.«

»Jaja, Gunnar«, stöhnte Lars und sah die anderen vor sich: Professor Luffe und Søren, Gunnars Klassenkameraden, die zusammen mit Gunnar das Rückgrat des legendären Achters der Stadt bildeten, bei dem Lars als Steuermann und Gunnar als Schlagmann fungierten. Eines der schnellsten Boote des Landes.

Gunnar schloss das Fenster zum Garten. Es war halb vier. Sie machten das immer so, er und Lars. Werktags jedenfalls, wenn eine der insgesamt drei deutschen Blaskapellen von der Østergade am Hauptquartier vorbei und durch die Stadt marschierte. Sie konnten sie aber trotzdem hören. Der Krieg war … dort draußen.

Lars hatte sich schon früher um Aufnahme beworben. Er wusste, was sie da oben im Turm von St. Petri machten, Gunnar und die beiden anderen. In der Stadt wurde darüber geredet. Darüber, dass irgendwer die Wehrmacht lächerlich machte. Aber dass der Sohn des Probstes wie ein zweiter Zorro an der Spitze stand, war ein eifrig gehütetes Geheimnis und ein Teil der Bruderschaft. Damals hatte die Antwort gelautet: »Dir fehlt noch die nötige Würde.«

Die Musik war jetzt näher gekommen. Manchmal standen drei Soldaten auf dem Markt und schrien herum. Erste, zweite und dritte Stimme. Und bei Gott, es gab doch wirklich Leute, die stehen blieben und lächelten und danach applaudierten.

»Also, heute Abend«, sagte Gunnar. »Wir beide sehen uns um halb acht.«

Lars betrachtete zerstreut die Linien in seiner Hand. Gunnar ging hinaus, öffnete dann aber gleich wieder die Tür. Jetzt mit einem ganz anderen Gesichtsausdruck. Er hatte im Grunde nur zwei, den ernsten, verantwortungsbewussten und den offenen, glücklichen, gutmütigen.

»Kannst du eigentlich was riechen – außer der Pfeife?«

Gunnar senkte den Kopf und Lars roch seine neue Brillantine.

»Worin hast du dich denn herumgerollt?«

Gunnar schlug nach ihm.

»Ja, man geht doch mit seiner Freundin aus«, lachte er und war wieder verschwunden.

Lars legte sich aufs Sofa und starrte an die Decke. Er konnte im Garten seine Mutter hören. Sie hatte Musik sehr gern. Wie sie sagte: »Singen können sie auch, das müssen wir einfach zugeben.«

Und darauf erwiderte Organist Rosen immer: »Ja, vorläufig erschießen sie uns ja nicht, aber zum Ausgleich ist es die reine Folter, dass man sich jeden Nachmittag ihr poltriges Kulturerbe anhören muss.«

Lars liebte Rosen, der im Pfarrhaus zur Miete wohnte, und zwar schon so lange, wie Lars sich überhaupt erinnern konnte. Ein Mann von großen Fähigkeiten, wie der Vater sagte. Sein Orgelspiel hatte die Kirche berühmt gemacht.

Immer sagte er die wunderlichsten Dinge. Und das nicht, weil er ein halber Schwede war. Er sagte immer das, was man nicht erwartete. Wie letztes Jahr, als Lars gefragt hatte: »Warum haben Sie nie geheiratet, Rosen?«

Die Mutter hatte Lars wegen dieses Mangels an Manieren einen Klaps verpasst.

»Ich möchte lieber ewig verliebt sein«, war die Antwort.

Später erfuhr man, dass er eine Freundin hatte, in Deutschland.

Jedenfalls schickte sie ihm Briefe und kleine Zeichnungen, die er hübsch einrahmte.

Vater, Mutter und Rosen. Sie gingen über die Erde und kümmerten sich um ihre eigenen Angelegenheiten. Über ihnen schwebte Gunnar, der gesegnete Knabe. Wenn diese vier gütigen Menschen ein seltenes Mal die Stirn runzelten, dann einzig und allein wegen der Bestie in dem kleinen Zimmer, die immer das Falsche sagte, die zu spät kam, bei ihrer eigenen Konfirmation rülpste, beim Abendmahl die Oblaten fallen ließ, den Altarwein vergoss und schriftliche Tadel aus der Schule mit nach Hause brachte. »Lars ist ein guter Junge«, sagte der Rektor. »Aber er ist wild, das können wir nicht leugnen, Frau Balstrup.«

Heute Abend sollte es passieren. Heute Abend würde er einer von ihnen, einer vom St.-Petri-Turm werden. Luffe hatte im April einem deutschen Trommler die Mütze geklaut. Sie machten das öfter, diese Jungen, sammelten einfach Nummern- und Straßenschilder.

Zwei Tage darauf lieferte Lars Gunnar eine ebensolche Feldmütze ab, als Beweis seiner Tauglichkeit. Er hatte sie in der Konditorei gemopst, aber sie war wohl trotzdem genauso gut wie Luffes. Gunnar hätte ihn fast zu Boden geschlagen. Lars hatte natürlich keinen Zutritt zu ihrem Treffpunkt über dem Kirchturm, wusste aber, dass dort diverse Feldmützen, Flaggen und Wimpel und mindestens ein Nummernschild hingen.

Aber jetzt dauerte es nur noch fünf Stunden. Er ballte die Fäuste. 61 Kilo. Wie viel Luffe wohl wog? Höchstens 70. Also mussten 61 Kilo zuschlagen. Wenn er bloß wüsste, wie viel dieser elende Kronleuchter wog? Der war ein uraltes Teil. St. Petri hatte einst einen großen, starken Totengräber gehabt, lange bevor die Familie Balstrup eingerückt war. Angeblich war er der Einzige, der diesen kolossalen Kronleuchter halten konnte, als der heruntergelassen werden sollte, um neue Kerzen zu bekommen. Später war natürlich ein Flaschenzug angeschafft worden, mit Bleigewichten, Rollen und Zahnrädern, und nun konnte sogar die Frau des Küsters den Kronleuchter herunterlassen. Aber Gunnar hatte rasch zugeschlagen. Er hatte schon länger einige kleine Aufgaben in der Kirche und im Büro und deshalb übernahm er den Austausch der Kerzen, auch auf dem Dachboden. Und als er und Søren ihre geheime Loge gründeten, die eine Widerstandsgruppe sein sollte, wie es sie in Norwegen gab, griffen sie auf die alte Methode zurück. Und ließen den armen Oluf Møller, alias Professor

Luffe, den Ersten sein. Und das noch dazu bei einer Beerdigung.
Lars hatte zusammen mit seiner Mutter und Gunnars Freundin Irene etwas weiter hinten in der Kirche gesessen, als sich der Kronleuchter plötzlich mitten in »Nun singt dem Herrn ein neues Lied« um anderthalb Meter gesenkt hatte. In kleinen Wolken war der Verputz heruntergeschwebt.
Aber Luffe hatte das Riesending wieder hochgekriegt, und als die versteinerte Gemeinde bei »Der Tod hat keinen Stachel mehr, gebunden liegt das Höllenheer« angekommen war, ja, da erhob sich Gunnar und verließ mit seltsamem Lächeln die Kirche.
Und genau damals, im Herbst 1941, hatte Lars geschworen, dass er mitmachen wollte. Koste es, was es wolle. Und jetzt dauerte es nur noch knappe drei Stunden. Die deutsche Blaskapelle war in ihre Baracken zurückmarschiert. Oder ins Hotel. Die besten Häuser der Stadt waren belegt. Auf der alten Apotheke flatterte das Hakenkreuz. Vor dem kleinen Rathaus gab es Schildwachen, Sandsäcke und kläffende deutsche Hunde. Sie machten einfach, was ihnen passte, und zu allem Überfluss zogen sie auch noch mit einigen Mädchen aus der Stadt herum. Aber die Anpassungsfähigkeit der Leute verleugnete sich nicht. Wie kürzlich ein Mann beim Schuster zu Gunnar gesagt hatte: »Bevor sie gekommen sind, war die Stadt aus zwei Gründen bekannt: wegen des Fjords und wegen der Arbeitslosigkeit. Den Fjord können sie uns nicht wegnehmen und die Arbeitslosigkeit haben sie abgeschafft.«

Gunnar hatte zu Boden gespuckt.
Lars drehte sich auf den Bauch und widmete sich wieder dem Studium seiner Handlinien. Rosen behauptete, aus so einer Handfläche könne man alles lesen.
Lars schmiegte die Wange ans Sofa.
Zwei Dinge hatte er Gunnar nicht erzählt. Zwei ganz unterschiedliche Dinge. Das eine war ein Ass, das er im Ärmel versteckte. Das andere … das andere sollte immer ein Geheimnis bleiben. Es hatte nichts mit dem Krieg zu tun, ganz im Gegenteil, könnte man sagen.

2. Kapitel

Lars hatte eine Erinnerung an den Kirchenboden. Von damals, als er ein kleiner Junge war, als sie ins Pfarrhaus gezogen waren und Dänemark frei war und sich nicht um einen Mann namens Adolf Hitler scherte. Ein riesiger Raum mit vielen engen Durchgängen. Ein herber Geruch von trockenem Holz, vermischt mit dem säuerlichen von ungelöschtem Kalk. Der Boden lag wie das oberste Fach über dem Glockenturm, mit Mammutgewölben, die sich wie versteinerte Tierrücken mit gewaltiger Kraft gegen die Außenwände stemmten.
Jeder Atemzug der Kirche, alle Geheimnisse und die schlummernde Bedrohlichkeit des alten Turms stammten aus diesem Boden. Tausend Stufen mussten bewältigt werden, rund und rund und abermals rund. Dort oben wurde man nicht einfach überrascht. Es war, mit

anderen Worten, der perfekte Aufenthaltsraum. Soviel Lars wusste, gab es nur vier Schlüssel zu der großen Tür. Der Vater hatte einen, die übrigen drei befanden sich im Besitz der St.-Petri-Gruppe.

Das Orgelspiel bekam einen besonderen Klang, als ob die Töne vom Meeresgrund aufstiegen. Lars war mit verbundenen Augen die Treppe hochgeführt worden. Eine unnötige Demonstration, fand er. Aber Søren hatte darauf bestanden. Gunnar befand sich unten in der Kirche, wo der Gottesdienst voll im Gang war. Er hatte seinen festen Platz, hielt wahrscheinlich Irenes Hand und warf seiner Uhr und dem großen Kronleuchter verstohlene Blicke zu.

Lars wurde inzwischen irgendwohin geführt, wo Søren ihm befahl sich mit ausgestreckten Beinen auf den Boden zu setzen. Erst jetzt wurde die Augenbinde entfernt. In der Kirche hatte man das zweite Lied angestimmt.

Lars sah an Sørens klarem, immer suchendem Blick vorbei. Er kannte Søren als Gunnars besten Freund, als zähen Burschen im berühmten Achter, der alles gab. Der Dachboden war noch fantastischer als in seiner Erinnerung. Jetzt wurde er nur von Kerzen erhellt und das verlieh den ernsten Gewölben einen Hauch von etwas Kultischem. »Wie im Bauch des Wals«, sagte er zu Søren, der die Stirn runzelte und seine Uhr anstarrte.

Mitten im Zimmer befand sich eine Plattform, auf deren Mitte ein großer Eichentisch mit einem patinagrünen Kerzenleuchter stand. Zu meinen Ehren, dachte Lars ernst. Angezündet für die Aufnahmeprüfung. In den dunklen Ecken standen alte Altarschemel und hohe Kof-

fer aus einer verschwundenen Zeit. Und dann erblickte er die große, fast vorwurfsvolle Naziflagge, die wie ein Gobelin vor der Tür zum Treppenhaus hing. Darum ging es doch, deshalb waren sie hier.
Jetzt kam Luffe zu ihnen herüber. Wie immer war er leicht zerstreut. Mit einem blöden Grinsen, das vielleicht seine fehlende Anwesenheit ausgleichen sollte. Luffe sah aus wie ein Mensch, der nur selten das Tageslicht erblickt. Ein Schattenmann, ein Gespenst, das seine Jugend den Gesetzen der Chemie geweiht hat. Ein zusammengesetzter Mensch, dessen rote Kaninchenaugen immer lachten, immer albern waren, als ob er einen sechsten Sinn besäße, einen anderen Blick für Situationen, ein ganz anderes Leben. Auf Fremde konnte er schwach begabt und leicht zurückgeblieben wirken. Nichts hätte weniger zutreffen können. Auch er saß im legendären Achter der Stadt, und was Luffes Verstand anging, so war sein Spitzname ›Professor‹ nicht zufällig gewählt worden. Gunnar behauptete, kein Lehrer auf dem Gymnasium könne Luffe noch etwas beibringen. Soviel Lars wusste, hatte Luffe nur zwei Beschäftigungen, den Dachboden und die Freundschaft zu Gunnar und Søren sowie seine Experimente mit selbst gemachten Erfindungen. Jetzt band er Lars ein Tau um die Taille. Und gab ihm das Tauende in die Hand. Ausnahmsweise einmal sah er ernst und konzentriert aus. Vielleicht weil er als Einziger wusste, was Lars bevorstand. Das dicke Tau war mit dem Flaschenzug verbunden, der den Kronleuchter der Kirche hielt, der an einem glänzenden Stahldraht über den Köpfen der singenden Gemeinde hing.

Søren kam auf die Beine, musterte Lars kurz und abschätzend und nahm dann seinen Platz am Flaschenzug ein, aus dem der Splint einen halben Meter herausragte. Lars wusste, wenn Søren den entfernte, dann würde der Leuchter sich senken. Und dann kam es nur noch auf ihn an. Dann hing der Leuchter in seinen Händen.

Luffe lächelte beruhigend. Oder lachte er innerlich? Das ließ sich nie sagen.

»Wie viel wiegt das Mistding?«, fragte Lars und ärgerte sich über seine zitternde Stimme.

Luffes weißgraues Gesicht öffnete sich zu einem breiten, lautlosen Grinsen. Er sah direkt irrsinnig aus, als er sagte: »Deine Arme werden doppelt so lang …«

Jetzt ertönte unten das Lied ›Bis hierher hat uns Gott geführt in seiner großen Güte‹.

Lars glaubte Gunnar aus vollem Hals brüllen zu hören, vielleicht um seiner Nervosität Luft zu machen.

Søren sah auf die Uhr. Luffe trat einen Schritt zurück. Lars' Mund war plötzlich wie ausgedörrt. Wenn er doch nur ein Glas Wasser bekommen könnte. Und was, wenn er dieses Mistding nicht halten könnte? Wenn er zu schwach war, zu dünn, zu leicht …

Sie würden den Leuchter natürlich nicht den Leuten auf die Birne fallen lassen, sondern ihm helfen und den Splint wieder hineindrücken. Danach … danach würde die Schande über ihn hereinbrechen. Die Erniedrigung, und was dann?

Noch einmal gewogen und zu leicht befunden. Nein, nein, diesmal nicht, das durfte nicht geschehen. Lars war bei Rosen gewesen und hatte ihn gebeten seine

Hand zu betrachten. Der Organist war nicht besonders kooperativ gewesen.

»Hier ist nicht Dänemarks Schicksals-meteorologisches Institut«, sagte er in seinem halb schwedischen Kauderwelsch.

Er trug seinen chinesischen Seidenschlafrock und die albernen Schellenpantoffeln.

»Na los, Rosen. Sie dürfen einen Freund in Not nicht im Stich lassen«, bat Lars und hielt Rosen die Hand hin.

Rosen nahm sie, wenn auch immer noch widerwillig.

»Nichts Besonderes, nichts … Aufsehen erregendes, viele seltsame Widersprüche. Treu und dennoch verräterisch, es wird nicht leicht, mehr kann ich nicht sagen.«

»Tausend Dank, Herr Rosen. Jetzt geht es mir viel besser.«

Ironie war bei dem Organisten verschwendet. Und nun sollten die Handflächen zu etwas ganz anderem benutzt werden. Er lauschte auf den Gesang unten in der Kirche. Zweite Strophe. Er biss die Zähne zusammen und sah Luffe Søren zunicken, der ohne eine Miene zu verziehen den Splint aus dem Flaschenzug zog.

Lars spürte den Ruck in den Oberarmen wie einen Peitschenhieb, der sich als anhaltender Schmerz in Schultern und Nacken festsetzte. Als ob Tau, Draht und vor allem der Kronleuchter beschlossen hätten ihm die Arme abzureißen. Aber er hielt fest, und wenn er bis zum Loch rutschen und mit Leuchter, Kerzen und Flaschenzug vor den Füßen des Gemeinderates landen müsste!

Er versuchte krampfhaft festen Boden unter den Füßen

zu gewinnen, aber er spürte, wie das Tau seine Handflächen aufriss.

Sein Blut hämmerte, pochte und klopfte.

Und jetzt erklang Luffes Stimme, psalmodierend und trocken: »Schwöre, dass du die Regeln befolgen wirst, die ich jetzt vorlesen werde …«

Lars stieß stöhnend ein wenig Luft aus und glitt zwanzig Zentimeter vorwärts. Hinter seinen Augenlidern flimmerten blaue und gelbe Blitze.

»… dass du niemals das Eindringen der Deutschen und der Nazis in Dänemark akzeptieren wirst …«

Lars nickte energisch und spürte plötzlich einen Blutgeschmack im Mund. Konnte das Blut aus seiner Nase stammen?

»… dass du … aufrecht und würdevoll … in den Kampf eintreten und gegen Hitler und sein ganzes Unwesen vorgehen wirst …«

Lars starrte das Tau an, ihm war klar, dass es ihm jeden Moment entgleiten könnte.

»Zeit, Zeit, Luffe«, stöhnte er. »Zum Teufel, Mann.«

»… und dass du St. Petri und der Schweigepflicht ewige Treue schwörst.«

Lars schrie. Spürte für einen Moment, dass seine Augäpfel gleich aus seinem Kopf quellen würden. Wie durch einen Nebel sah er Luffe und Søren. Sie ließen sich wirklich Zeit mit dem Splint. Jetzt.

In der Kirche hatte Rosen zu einem kleinen Nachspiel angesetzt.

Lars sank in sich zusammen. Lag lange auf dem Rücken und beschäftigte sich mit dem Zustand seines Körpers.

Mein Puls, dachte er, der muss über dreihundert sein. Ich werde nie wieder ein Mensch. Diese Schweine! Wozu soll das denn gut sein?
Plötzlich spürte er einen schwarzen Flecken in sich wachsen. Einen Hass auf die anderen, die ihn diesem sinnlosen Unfug ausgesetzt hatten. Aber als Gunnar bald darauf erschien, in seinem für ihn zurechtgeschneiderten Anzug, so fein, so rein, so unschuldig und stolz, beschloss Lars zu schweigen. Langsam gewannen Erleichterung und Jubel die Oberhand. Gunnar klopfte ihm auf die Schultern. Es tat gut und weh zugleich. »Willkommen in der St.-Petri-Gruppe«, sagte er leise.

Nach einem späten Gottesdienst tranken sie zumeist Tee und aßen Käsebrote. Der Vater, die Mutter und Rosen. In der Regel in Gesellschaft von Lars und Gunnar und Gunnars Freundin Irene. Sie half der Mutter und war bereits eine Art Schwiegertochter. Ein Teil der Familie.
Rosen und Gunnar saßen im Herrenzimmer. Gunnar erzählte von seinem Examen.
Lars stand in der Küche, wo Irene die Teetassen auf ein Tablett stellte. Der Vater sagte: »Das sind dänische, von Gärtner Mohr. Hübsch anzusehen, erschwinglich im Preis ... schmecken wie verbrannte Pantoffeln. Bitte sehr, Rosen, die Spitze müssen Sie selber abbeißen, Rosen.« Der Vater bot Rosen eine Zigarre aus der Schachtel an.
Lars betrachtete Irenes Rücken und fragte sich, wie viel sie wohl wüsste. Vielleicht nichts. Es könnte Gunnar

ähnlich sehen, sie in Unwissenheit zu halten. Mit dem Rücken zu ihm sagte sie: »Kirsten sagt, du könntest die Zukunft vorhersagen …«

Kirsten ging in Lars' Klasse und war eine Art Freundin von Irene.

Lars wusste sehr gut, dass Kirsten ein Auge auf ihn geworfen hatte, aber es war nie zu mehr gekommen als zu einem Küsschen unter dem Viadukt, während ein Zug darüber brauste. Sie war lieb und hübsch und klug. Aber, wie er eines Tages im April zu Rosen gesagt hatte, sterbenslangweilig. Jedes Mal wenn sie den Mund aufmacht, weiß ich schon, was sie sagen wird.

»Natürlich kann ich das«, antwortete Lars lässig. »Ein kurzer Blick in deine Hand und ich weiß alles.«

Irene kam mit dem Teetablett und einem skeptischen Schmollmund an ihm vorbei. Es umgab sie immer eine Duftmischung aus Seife, frisch gemähtem Gras und französischem Parfüm. Nur ein Hauch. Er konnte sich, wenn er die Augen schloss, an dieses Parfüm erinnern und Bilder aus dem Vorderen Orient vor sich sehen. Das Tor Asiens, dicke Männer mit weinroten Fezen, verschleierte Frauen. Märchen und Magie.

Und er sah sich selber in Uniform, in britischer Uniform. Gerne Royal Air Force. Lars hatte einen seltsamen Traum gehabt. Er läuft ziellos durch das dunkle Medina. Straßenhändler, die unter den gestreiften Markisen im Schneidersitz sitzen, starren ihm hinterher. Ihre zahnlosen Münder spucken. Lars läuft. Von Frau zu Frau. Reißt ihnen die Schleier vom Gesicht. Wo ist sie? Endlich, endlich. Er erkennt sie am verführerischen Duft, kann aber plötzlich den Schleier nicht entfernen.

Im Wohnzimmer mischte sich der blaue Rauch mit der Stimme von BBC London. Man wartet auf Christmas Møller. Seltsame Vorstellung, dass er da drüben sitzt. Am Mikrofon.

Lars wischte den Küchentisch ab. Vor dem Fenster stand Gunnars schwarzes Rad. Vielleicht fiel Lars deshalb der Pavillon im Wald ein.

Es hatte gegossen, der Regen hatte sie überrascht. Sie laufen mit ihren Rädern durch den Wald, Gunnar, Irene und Lars. Irenes Vorderrad hat einen Platten, aber Gunnar hat wie immer Flickzeug bei sich. Atemlos erreichen sie den alten, längst verlassenen Pavillon, wo das Laub des letzten Herbstes noch auf dem Boden liegt. Gunnar macht sich sofort an die Fahrradreparatur, während Irene sich mit einem Pullover die Haare zu trocknen versucht. Lars wandert umher, sieht sich die vielen Fensterchen an, die vielen schönen Sprossen, an denen die Farbe abblättert.

»Hässlich, hässlich, hässlich«, ruft Gunnar und lacht Irene zu, die Lars den Rücken kehrt, um ihre Hemdbluse auszuwringen.

Lars erreicht einen engen Flur, wo in grauer Vorzeit die Diener mit Bier, Kuchen und Kaffeetassen unterwegs waren. Das Gras draußen steht meterhoch. ›Unkrautsamen wehten über Hecken‹, wie sie auf Sommerfesten gerne singen.

»Hier sollte man die Deutschen einquartieren«, lacht Gunnar.

Irene versetzt ihm einen Rippenstoß. Gunnar hebt sie hoch. Lars entdeckt derweil das schwarze Botenrad mit dem zu kleinen Sattel, das irgendwer ins Gras geworfen hat. ›Kolstrup Ziegel‹, steht darauf.

Jetzt tritt Irene neben ihn. »Na, hast du die Sprache verloren?«

Rasch wendet Lars seinen Blick ab, will ihr nicht direkt in die Augen sehen. Sie hatte einen sehr durchdringenden Blick. Er hat oft das Gefühl, sie sehe mitten durch ihn hindurch. Manchmal lässt sie ihre Blicke auf einem Punkt an seiner Wange ruhen, bis er weitergleitet, über die Nase, zum Mund … zu den Lippen. Er hat dann fast das Gefühl, fast, sie küsste ihn mit diesem Blick.

»Dieses Rad ist eine Million Mal geflickt worden!«, ruft Gunnar.

»Findest du es hier auch hässlich?«, fragt sie.

Lars tritt mitten ins Zimmer, wirbelt herum und sagt: »Nein, im Gegenteil, ich finde es hier schön. Der Verfall hat seine eigene … Schönheit.«

»Auch der moralische?«, fragt Gunnar und zwinkert Irene zu.

Irene sieht Lars kurz an, dann läuft sie zu Gunnar hinüber und versetzt seiner Hüfte mit dem Knie einen Stoß, worauf er zu Boden fällt. Als Lars wieder aus dem Fenster sieht, ist das Botenfahrrad verschwunden. Das irritiert und fasziniert ihn. Jemand ist dort gewesen. Gleichzeitig mit ihnen, vielleicht sogar im Pavillon. Jemand aus dem Ziegelwerk, das doch ein gutes Stück entfernt liegt.

Rosen und der Vater redeten über den Krieg, über die Chancen der Alliierten, über Todesfälle und die neuen

Gesangbücher. Gunnar wurde ins Gespräch hineingezogen. Sie hörten ihm zu. Lars sah seine Mutter an, die Strümpfe stopfte. Irene blätterte in einer Modezeitschrift aus dem Jahre 1936. Die Mutter sagte zu ihr: »Heute Abend waren viele deutsche Soldaten in der Kirche.«
Der Vater brummte, man könnte ihnen das ja schließlich nicht verbieten.
»Ja, sie scheinen kirchentreuer zu sein als die meisten Dänen«, fuhr die Mutter fort und legte den Deckel auf den Sockenkorb.
»Und dabei dachte ich, ihr Gott säße im Führerbunker in Berlin«, meinte Rosen.
Der Vater lachte und schüttelte den Kopf. »Jaja«, sagte er. »Trotz ihrer Uniform sind sie im tiefsten Herzen wohl doch eine Art Menschen, lieber Rosen.«
Gunnar stand auf. »Die sollen weg hier, die ganze Bande«, sagte er energisch.
Der Vater seufzte und winkte leicht mit der rechten Hand. Das bedeutete: Jaja, Gunnar, immer mit der Ruhe, mein Freund. Uns geht es doch sehr gut. Vielen anderen geht es schlechter. Kurz darauf wünschte Irene gute Nacht. Gunnar wollte sie nach Hause bringen. Lars sah sie in der Diele stehen. Gunnar küsste sie munter und flüsterte ihr etwas ins Ohr. Lars musste einfach hinblicken. Und er musste sich auch fragen, was Gunnar ihr wohl sagte.
Sagte er: ›Tragen Sie ein Korsett, mein Fräulein?‹
Oder: ›Kommen Sie mit in die Kirche, in die hinterste Bank? Ich möchte Ihnen gern etwas zeigen, in aller Vertraulichkeit.‹

Vielleicht: ›Kriege ich heute Abend einen Kuss, Irene? Einen langen?‹

Bald danach waren sie verschwunden. Jetzt kam die Stille. Vielleicht dachte Rosen gerade an ein chinesisches Konfuzius-Zitat, während er betrübt seine dänische Zigarre anstarrte, von der ihm nur schlecht wurde. Und das, wo er doch in Südamerika gewesen war und echte Havanna-Zigarren geraucht hatte. Gedreht zwischen den Oberschenkeln der braunen Mädchen. Du meine Güte.

Nebenan, in der guten Stube, tickte die Bornholmer Uhr und schnitt den Abend in kleine, identische Scheiben. In der Ferne bellte ein Hund. Es war bald zehn Uhr. Jetzt würden sie noch eine Viertelstunde dösen, plaudern und leichthin philosophieren, dann würde die Mutter sagen: »Ja, die Herren, Zeit zum Schlafengehen, wenn wir mit den Hühnern aufstehen wollen.«

Amerika. Oder vielleicht Kanada, Texas, Oklahoma und Arizona. Über alle Berge, durch rote Steppen, mit dem süßen Duft einer zwischen Oberschenkeln gedrehten exotischen Zigarre.

Er ging in die Küche und hörte, wie seine Mutter die Kerzen auspustete.

Lars sagte Gute Nacht. Die Mutter zwinkerte ihm zu. Der Vater schien im Ohrensessel eingeschlafen zu sein. Rosens Gesicht war in einer graublauen Rauchwolke verschwunden.

Bald kommen die Ferien. Und die sollten in diesem Jahr anders sein. Er wusste, dass Gunnar Pläne hatte, viele Pläne. Luffe brütete über neuen Formeln, neuen Errungenschaften.

Lars stand im Windfang, war überhaupt nicht müde. Er hatte den Beweis seiner neuen Würde in der Tasche: den Schlüssel zum Boden. Das Recht, dort hinaufzugehen, wann immer er wollte.

Die Mutter spülte im Becken die Tassen ab, während der Vater, der aufgewacht und tatendurstig war, Organist Rosen, dessen Kopf schon längst nach Kuba geflogen war, eine seiner kleinen ermahnenden Reden hielt. »Ja, ja, Rosen, nicht dass wir Sie loswerden wollen, da sei Gott vor, aber so, wie sich der Krieg entwickelt hat, und bei allem, was man hört ...«

»Gute Nacht, Frau Balstrup!«

So wies er jede Anspielung auf seine jüdische Herkunft zurück.

Lars ging die Treppe hoch und öffnete die Tür zum Boden, den er wie ein Eroberer in Augenschein nahm. Danach ging er in den Glockenturm hinunter, wo zwei kleine Schießscharten fast auf die ganze Gemeinde Ausblick boten. Er genoss den frischen, unverfälschten Sommerduft. Er spürte, dass der Sommer ihn rief. Der Fjord glitzerte und wollte das Licht nicht loslassen. Weiter draußen wogten die Felder und der gelbe Raps leuchtete im Halbdunklen. So viel Friede und Ruhe. Keine Spur vom Krieg. Hier und dort konnte man sogar Menschen sehen, die in ihren Gärten arbeiteten.

Links lag der Flughafen, der ausgebaut werden sollte, um dann für die Deutschen eine Luftbrücke nach Oslo zu bilden. Das brachte den vielen Arbeitslosen Arbeit. Weiter rechts der hohe Schornstein der Brauerei und ganz hinten die Baracken der Ziegelei.

Lars lächelte vor sich hin.
»Ich weiß ... ich weiß ... etwas über dich, schwarzer Mann.«
Das war eins der Dinge, die er Gunnar nicht erzählt hatte. Denn in den Tagen nach ihrem Ausflug zum Pavillon im Wald wartete Lars kurz vor Feierabend bei der Ziegelei, wenn zum Feierabend gepfiffen wurde und die Arbeiter nach Hause gingen. Der erste Tag hatte kein Ergebnis gebracht, aber schon am zweiten erkannte er das schwarze Botenrad mit dem kleinen Sattel. Der Bursche, der darauf saß, war nicht viel älter als Lars, eher im Gegenteil. Sein Alter war aber schwer zu schätzen, denn er war schwarz im Gesicht. Lars folgte ihm in sicherer Entfernung und stellte fest, dass der Junge in den Baracken wohnte. Aber was machte so ein Bursche da draußen im Pavillon? Die Antwort erhielt Lars drei Tage später. Geduld zahlte sich eben aus. Denn am dritten Tag fuhr der Junge nach Feierabend in den Wald. Gefolgt von Lars, in sicherer Entfernung. Er fuhr ziemlich schnell. Als er endlich draußen angekommen war, vergewisserte der Bursche sich, dass niemand im Pavillon war, dann verschwand er über die Küchentreppe im ersten Stock. Lars wartete zehn Minuten. Dann kam der Junge wieder heraus und war so schnell verschwunden, wie er hergefahren war. Lars hatte noch eine Viertelstunde gewartet, dann war auch er über die Küchentreppe in den ersten Stock gegangen, der aussah wie eine Mischung aus Dachboden und Rumpelkammer. Ein Aufenthaltsort für Tauben. Nach zehn Minuten Suchen fand er eine Metallkiste und trug sie ins Licht. Dort lagen

eine Packung englische Zigaretten, eine Hornbrille, eine ziemlich kostbar aussehende Halskette, ein Hakenkreuzabzeichen und, eingewickelt in einen schmutzigen Lappen, eine deutsche Pistole. Lars schnappte nach Luft. Eine echte Luger. Lars legte alles zurück in den Kasten. Es war nicht besonders klug, abends mit einer deutschen Luger in der Tasche durch die Gegend zu fahren, denn das Risiko, angehalten und durchsucht zu werden, war zehnmal größer als am Tag.
Da wartete er lieber ein paar Tage.
Eine Stunde später fuhr er mit dem Geheimnis im Hinterkopf nach Hause. Und vor sich sah er das Bild des schwarzen Arbeiterjungen.
Endlich verschwand das Licht. Die Nacht senkte sich über die Stadt. Ein Lastwagen mit deutschen Soldaten polterte über die Brücke ins Zentrum.
»Wartet nur«, murmelte er, »wartet nur …«

3. Kapitel

Das Training auf dem Fjord war intensiviert worden, schließlich trennten sie nur noch sechs Wochen von der großen Regatta. Lars brauchte die acht Ruderer deshalb nicht anzustacheln, sondern konnte sich damit begnügen, sich mit dem Oberkörper dem Rhythmus des Bootes anzupassen und sich ansonsten um sein Ruder zu kümmern. Das Geräusch des Wassers und der Ruder vermischte sich bald mit dem schweren Atem.

In einem Monat musste das Ganze gehen wie ein Metronom. Hier draußen war alles andere ausgeschlossen. Schule und Prüfungen wurden ausgesetzt. Zug um Zug, Schlag um Schlag, Himmel und Meer.

Ihr Training wurde mit großer Aufmerksamkeit verfolgt. Alte Ruderer vom Studentenklub lieferten aufmunternde Zurufe und gute Ratschläge. Hier war etwas, das sie vereinte, eine lange, schöne Tradition, die nichts, aber auch gar nichts mit den Deutschen zu tun hatte. Und dennoch: Als Lars und Gunnar als Erste das lange, schöne Bootshaus betraten, wo Kajaks, Kanus und Ruderboote auf langen Gestellen Seite an Seite lagen, drehte Gunnar sich plötzlich auf dem Absatz herum und fixierte einen großen, mageren Mann in einem für diese Jahreszeit völlig falschen Regenmantel. Lars wusste, dass er diesen Mann schon früher gesehen hatte. Und zwar in der Bibliothek, wo Lars ein Lesezeichen mit dem Exlibris der Kirche hinuntergefallen war. Der Mann hatte es aufgehoben und ihm mit einem kleinen, knappen Lächeln überreicht, einer seltsamen Geste, da der Mann das Lesezeichen gerade so lange festgehalten hatte, dass es auffällig wirkte. Er war blass wie ein Antennenwels, ein seltsamer Aquariumsfisch, den Luffe einmal gehabt hatte und der, wie Luffe behauptete, die Glaswände von Algen befreite. Am Revers des Mannes steckte das kleine runde Nazi-Abzeichen. Als ob er, der Ordnung halber, Lars darauf aufmerksam machen wollte, dass die Gestapo der Stadt einen Besuch abgestattet hatte. Jetzt tauchte er wieder auf, im Boots-

haus. Ging ruhig, fast apathisch, herum und befühlte die eleganten Kajaks.
»Stolz«, sagte er. »Erhaben ... faszinierend.«
Aus irgendeinem Grund hatte Lars erwartet, dass der Mann deutsch oder zumindest mit Akzent sprechen würde. Aber er war ein echter Däne.
Er hatte ihnen guten Wind gewünscht, was ziemlicher Quatsch war, da sie Windstille vorzogen. Vielleicht sollte es ein Witz sein. Aber jedenfalls hatte keiner von ihnen das komisch gefunden.
Sie saßen ziemlich dicht beieinander im Boot, Lars und Gunnar. Manchmal sah Gunnar ihn direkt an. Mit einem neuen Blick. Einer anderen Konzentration. Vielleicht war das Einbildung. Vielleicht, dachte Lars und blickte über den Fjord, ist das ein Resultat meines schlechten Gewissens. Muss ich das aber haben? In Rosens Zimmer hingen über einer Kommode einige Aquarelle. Alle geschickt aus Hildesheim, einer kleinen Stadt in Deutschland. Auf der Rückseite war eine zierliche blaue Handschrift zu erkennen. Auf der Vorderseite stand: »Philip und Nina«. Nichts anderes, immer dasselbe. Die Motive waren alltäglich, kleine Landschaftsmalereien, Sonnenschein in Norddeutschland. Vor allem kein Krieg. Lars wusste nicht viel über diese Nina, abgesehen davon, dass Rosen sie zu Anfang der dreißiger Jahre in Lund kennen gelernt hatte, wo er Gastorganist am Dom gewesen war. Seit damals schrieben sich die beiden. Nina hatte ihn nie besucht, aber Rosen war zweimal nach Deutschland gefahren. Sagte Lars' Mutter, die sich für so etwas interessierte.

»Sind Sie ein Liebespaar?«

Lars hatte um die Weihnachtszeit danach gefragt und seine Frage schon bereut, als er sie noch gar nicht ganz ausgesprochen hatte. Rosen schloss seine Tür nie ab. Im Vertrauen, dass niemand ohne anzuklopfen hereinplatzen würde. Lars war damals einfach hereingeplatzt. Er konnte es dem kleinen Organisten ansehen, dessen porzellanfeines Gesicht einen resignierten und abwesenden Ausdruck annahm. Drei Tage später sagte er: »Es ist schwer, per Brief zu lieben ...«

Eine flüchtige Bemerkung, die in der Sakristei fiel. Eine etwas trockene Feststellung. Als Rosen gegangen war, hatte Lars hinzugefügt: »Ja, und auch im Geheimen.«

Warum dachte er jetzt an Philip Rosen? Weil eins von Ninas Motiven ein Flussufer war, wahrscheinlich der Weser.

Sie erreichten den Wendepunkt mit der gelben Boje, wo Gunnar sich und seiner Mannschaft eine wohlverdiente Pause gestattete.

Søren bedauerte die drei Krebse, die er unterwegs gefangen hatte. Und einige andere ärgerten sich über zu harte Züge steuerbords, was den Rhythmus unstabil gemacht hatte.

»Das muss Lars korrigieren«, murmelte Gunnar und ließ seinen Blick am Ufer entlangwandern, von den Türmen der Stadt bis zur Ziegelei.

Er sah kurz Lars an, der seinem Blick gefolgt war. Sie wechselten kein Wort, aber Gunnar war klar, dass Lars spürte, dass er etwas wusste. Mehr, als er sagen mochte.

Ihr Treffen hatte angefangen wie immer. Man hatte eine Tagesordnung und Søren leitete das Treffen. Lars saß zusammen mit Luffe, der immer an irgendetwas herumpusselte, diesmal an einer Modelllokomotive, am Fußende. Aus irgendeinem Grund fühlte Lars sich ganz leicht enttäuscht. Es war das erste richtige Treffen, an dem er teilnahm, und vielleicht hatte er zu viel erwartet. Vielleicht hatte er mehr erwartet als einfach nur die Planung von Nummernschilddiebstählen und vom Verursachen einer Reifenpanne an einem deutschen LKW in der Østergade. Zu Anfang des Treffens hatten sie die norwegische Nationalhymne gesungen. Lars hatte nichts gegen das Singen. Es hatte ihn nur überrascht. Søren und Gunnar waren dabei aufgestanden. Als der Punkt ›Verschiedenes‹ behandelt wurde, hatte Luffe um das Wort gebeten. Er wollte gerne auf etwas zurückkommen, das sie bereits bei einem früheren Treffen erörtert hatten. Ob das in Ordnung sei? Gunnar sagte, ja, natürlich. Es stellte sich heraus, dass Luffe einen Schlüssel für die Flughafenbaracke konstruiert hatte. Er wollte das nur kurz erwähnen, wie er sagte, ehe er in sein übliches blödes Kichern ausbrach. Lars lächelte ihn an. Luffe zwinkerte munter. Lars wusste, dass Luffes Vater bei der Bahn arbeitete und dass seine Mutter putzen ging. Für beide war es ein ziemliches Mysterium, dass ihr Sohn so ungemein begabt war.

Sie wohnten in einem großen weißen Haus mit Garten, der nach allen Regeln der Kunst gepflegt und betreut wurde. Er diente vor allem als Küchengarten. Luffes

Vater hatte ein Treibhaus gebaut, das so groß war wie ein Hangar.

Lars' Mutter sagte, bei Luffes Mutter hielte ein 1-Öre-Stück viel länger vor als bei anderen. Luffe hatte im Keller ein Zimmer und dort hatte er schon mit sieben Jahren mit seinen Experimenten angefangen. Er und Gunnar und später Søren hatten sich im Kindergarten kennen gelernt. Und schon in der vierten Klasse hatte Luffe den selbstauslösenden Fallschirm erfunden, der an Sørens Hamster Thorvald getestet wurde. Sie warfen das Tier vom Glockenturm. Danach bekam Søren einen neuen Hamster und ihr Beschluss, Luffes Erfindungen nie mehr auszuprobieren, hielt fünf Jahre vor. Zu diesem Zeitpunkt hatte Luffe sich ein so großes Wissen über Chemie und Physik angeeignet, dass er die Zeit für eine öffentliche Demonstration für gekommen hielt. Und die fand auf der Wiese bei der Brauerei statt, wo einige Arbeiter auf dem Heimweg stehen blieben, um den ersten Flug des Kanonenkönigs Oluf mitzuerleben.

Das Rohr – oder besser gesagt: die Rohre – hatte er zu einem sechs Meter langen Schornstein zusammengeschweißt, der in einem Winkel von 45 Grad auch als Abschussrampe fungierte. Gunnar behauptete, Luffe habe einen roten Kanonenkönigsumhang und einen bemalten Sturzhelm getragen. Ein Junge namens Max sollte die Lunte anzünden. Luffe hatte ausgerechnet, dass er genau fünfzehn Meter hoch fliegen würde, aus dem Rohr heraus natürlich, um dann in einem weichen Bogen auf einigen Strohballen zu landen. Das Experiment lockte an die vierzig Zuschauer an und führte zu dem Ergebnis, dass der Junge namens Max danach für zwei Monate taub war, während Luffe an den Füßen eine Verbrennung zweiten Grades davontrug. Die Leute meinten, er sei noch billig davongekommen. Max wurde nicht mehr gesehen, da seine Eltern aus der Stadt wegzogen. Luffe dagegen kam ins Zentralkrankenhaus, wo Søren und Gunnar ihn besuchten. Er behauptete, nun erst wirklich Blut geleckt zu haben.

Es muss jedoch auch gesagt werden, dass mehrere seiner späteren Versuche glückten, noch dazu sehr gut.

Und jetzt hatte er also einen Schlüssel für die Baracke der Deutschen konstruiert.

Søren sah Gunnar an und schüttelte genervt den Kopf. »Ich dachte wirklich, dieses Thema sei ausdiskutiert«, sagte er müde.

Luffe zog den großen Schlüssel aus der Tasche.

Gunnar meinte, sie könnten doch jetzt, wo die Plakate fertig waren, darüber reden.

Lars sah von einem zum anderen. »Welche Plakate?«

Luffe holte sie. Sie lagen zusammengerollt in einer Ecke. Die Schlagwörter waren mit roten und schwarzen Buchstaben gemalt. ›Denkt an den 9. April‹ und ›Dänemark wieder frei‹. Und Ähnliches.

Søren sagte, diese Plakate könnten überall angebracht werden. Am besten da, wo viele Menschen vorbeikamen. Dann konnten sie sehen, dass nicht alle aufgegeben hatten. Dass es immer noch Menschen gab, die bereit waren für Dänemark zu kämpfen.

»Für Dänemark zu kämpfen«, murmelte Lars. »Mit Plakaten?«

Sie ignorierten ihn. Luffe erwähnte, dass ihm der Plan der Wachablösung am Flugplatz vorläge.
Søren sah ihn mit einem kleinen Lächeln an.
»Kennen die Hunde den auch? Die ganze Gegend ist stark bewacht. Es wimmelt von Rottweilern und Dobermännern.«
Luffe zuckte die Schultern. Verbale Argumentation war nicht gerade seine starke Seite.
»Abgesehen davon«, fügte Søren hinzu und sah Gunnar an, »hat es wegen der Baracke schließlich eine Abstimmung gegeben.«
Gunnar nickte und lächelte Luffe an. Lars hob die Hand.
»Das neue Mitglied hat das Wort«, sagte Søren.
»Ja, Entschuldigung«, fing Lars an. »Aber ... was machen wir eigentlich? Ich dachte ... ich dachte, wir meinten das ernst. Ich meine ... Straßen- und Nummernschilder, Feldmützen und Reifenpannen. Das hält Hitler ja wohl nicht auf.«
»Wir machen sie lächerlich«, erwiderte Søren. »Glattweg lächerlich.«
»Ja, aber was ist mit der Baracke«, fing Luffe jetzt wieder an.
Søren schüttelte resigniert den Kopf.
»Luffe! Das haben wir diskutiert. Da wimmelt es von Kötern. Und was macht der kleine Luffe, wenn so ein Monstrum mit hängender Zunge angewetzt kommt? Sagt er: Buh?«
Lars blickte die Tischplatte an, als er sagte: »Wir erschießen es.«
Stille senkte sich über den Dachboden.

»Wir erschießen es«, wiederholte Luffe hoffnungsvoll.
»Womit denn?«
Lars blickte auf. »Mit unserer neuen Luger.«
Jetzt hatte er ihre volle Aufmerksamkeit.
»Haben wir eine solche?«, fragte Gunnar mit leichtem Zögern.
Lars erklärte, er wüsste, wo sie ohne Probleme eine finden könnten. Nämlich im Pavillon im Wald. Er erklärte, wie er zufällig darauf gestoßen war, verschwieg aber den Jungen aus der Ziegelei.
Søren erteilte sich selber das Wort und war sofort dagegen. »Wo glaubt ihr wohl, dass so ein Schießeisen herkommt? Von den Deutschen, woher denn sonst! Das ist Diebesgut. Wollen wir das vielleicht haben? Haben wir deshalb die St.-Petri-Gruppe gegründet? Und außerdem, Lars, was du da erzählst, hört sich ja sehr einfach an, aber wer von uns kann denn mit so einem Ding umgehen? Wer von uns ist imstande kaltblütig mit einer Pistole jemanden ... oder etwas niederzuknallen? Bist du das, Lars? Antworte mir, bist du das? Oder was ist mit dir, Luffe? Du kannst ja nicht mal auf eine Ameise treten. Und was glaubt ihr, wie die Deutschen reagieren werden, wenn wir plötzlich losschießen?«
Sørens Stimme klang nicht mehr so angespannt. Er lächelte Lars sogar freundlich an. Gunnar nickte. Lars wusste, dass die beiden fast immer einer Meinung waren. Sie waren Freunde. Das Einzige, was sie nicht teilten, war Irene. Wenn Gunnar zum Studium nach Kopenhagen ging, wollte Søren mitkommen, um Jura zu studieren. Seite an Seite wollten sie sich ihren Weg bahnen, wollten

einander stützen und helfen, kurz gesagt, Freunde fürs Leben sein. Wenn Gunnar trotzdem in der Gruppe eine Art Anführer war, dann lag das an Gunnars natürlicher Autorität.

Ein durch und durch ehrenwerter Junge, der alle streitenden Parteien immer wieder versöhnen konnte, weil sie Vertrauen zu ihm hatten. Gunnar war rein wie frisch gefallener Schnee. Jetzt holte er seine Pfeife. Lars wusste, was das bedeutete. Er brauchte Zeit, um sich den Fall zu überlegen. Mit anderen Worten, er stand nicht automatisch auf Sørens Seite. Und das spürte auch Luffe, der sich mit träumerischen Augen nach der berühmten Luger erkundigte. Lars erklärte, dass sie in einer Metallkiste lag und dass Søren sicher Recht hätte. Natürlich hatte irgendwer sie gestohlen. Aber warum sollten sie sie nicht nehmen, wo sie nun einmal dort lag? Sicherheitshalber. Søren beugte sich energisch über dem Tisch vor.

»Genau da irrst du dich, kleiner Lars«, sagte er. »Wir lassen sie sicherheitshalber liegen. Könnt ihr das nicht begreifen? Wenn wir erst mit so was durch die Gegend laufen, dann drehen wir noch durch. Plötzlich, eines Tages, ganz ohne Grund … findet man dann, man sollte sie auch benutzen, wo man sie schon einmal hat, und dann ist der Teufel los.«

Gunnar kehrte rauchend an den Tisch zurück. Sein Schatten brach sich im Gewölbe.

»Ich stimme Søren zu«, sagte er. »Aber wir können sie nicht einfach da draußen liegen lassen. Natürlich werden wir keine Hunde auf der Landebahn erschießen, aber es kann ja doch ein Tag kommen, an dem wir Verwendung für sie haben. Ich schlage vor, wir holen sie morgen, nach dem Rudertraining. Sie kann genauso gut hier oben liegen wie im Pavillon.«

Am nächsten Tag fuhren sie durch den hellgrünen Birkenwald.

Lars neben Søren, der sich nach Kirsten erkundigte, die mit Sørens kleiner Schwester befreundet war. Die beiden Familien verkehrten schon ein Menschenalter miteinander. Der Anwalt und der Arzt. Sørens Vater und Kirstens Vater.

»Wir sind fast schon eine Familie«, lachte er und schlug nach Lars aus, der nur den Kopf schüttelte und die hübsche, elegante Kirsten vor sich sah, die ihm auf dem Schulhof zuwinkte. Sie war wirklich sehr hübsch. Sehr lieb und sehr an ihm interessiert. Immer gut gelaunt, frisch, könnte man sagen. Gute Tennisspielerin. Könnte eine erstklassige Ehefrau abgeben, Doktors schöne Kirsten.

Ich weiß nicht, warum ich sie mit Gerede hinhalte, sagte er zu sich selber. Und eine kleine Stimme antwortete: Du weißt genau, warum du sie mit Gerede hinhältst, du elender Lügner!

Vor ihnen jagten Gunnar und Luffe einen Abhang hinunter. Sie stupsten einander an. Lars gefiel Gunnar sehr, wenn er mit Luffe zusammen war. Dann kam der alte Gunnar zum Vorschein. Der, den Lars noch aus ihrer Kindheit kannte.

Sie erreichten den Fahrweg, wo Gunnar und Luffe an zwei deutschen Soldaten vorbeikamen, die auf einer Bank saßen und rauchten.

Einer grüßte sie sogar freundlich.
Wie Gunnar nachher sagte: »Das Schlimmste an ihnen ist ihre Freundlichkeit, vor allem bei den alten Soldaten. Sie erwarten, dass wir die erwidern. Das ist eine widerliche Selbstverständlichkeit. Regt euch doch ab, sagen sie, Herrgott, wir haben euer kleines Land besetzt und eure besten Häuser genommen und euer Eigentum beschlagnahmt und … na ja, wir gehen auch ein bisschen mit euren Mädchen aus und wir erwarten, dass ihr ausweicht, wenn wir über die Straße gehen, aber was soll's? Ist das so schlimm? Insgeheim finden doch viele von euch unseren Hitler ganz vernünftig, oder? Die Dänen können es doch auch nicht leiden, wenn alles drunter und drüber geht.«
Der Pavillon sah aus wie immer, als ob er einfach auf bessere Zeiten wartete.
Es war schon gegen Abend. Die großen Bäume machten die Dämmerung besonders stark. Ein Kuckuck rief über den Baumwipfeln und sein Ruf fiel mit dem Tuten der kleinen Fähre auf dem Fjord zusammen. Es gibt so viel, dachte Lars, was völlig unveränderlich ist, und trotzdem bekommt man keine Luft. Er ging zur morschen Küchentür, die halb geöffnet war.
Plaudernd trampelten sie eine Hühnerleiter hoch und erreichten den länglichen Dachboden, wo die Tauben sich sonst aufhielten. Als Lars zuletzt hier gewesen war, hatten sie ihn erschreckt, als sie plötzlich durch ein Loch in der Decke aufgestoben waren. Jetzt war es still. Er schaltete seine Stablampe ein und machte sich auf die Suche nach der Metallkiste.

»Sie müsste gleich hier liegen …«
Was war los mit den Tauben? War etwas mit ihnen los? Ja, warum waren sie verschwunden?
Luffe kicherte, das machte er oft, ohne dass andere einen Grund dafür sehen konnten. Søren setzte sich in einiger Entfernung hin und schlug die Arme übereinander. Gunnar half suchen.
»Du bist sicher, dass das kein Nagelreiniger war?«, grinste Søren.
Lars murmelte, die Kiste müsse hier stehen, vielleicht habe jemand sie weggestellt. Er blickte zu Gunnar hinüber, der durchaus nicht suchte, sondern einfach nur zu Søren ins Halbdunkel starrte. Lars spürte einen Angstkloß im Hals. Die schwache Unruhe, die er bisher verspürt hatte, erfüllte ihn nun ganz. Hinter Søren war ein schwarzes Gesicht aufgetaucht. Ein schwarzes Gesicht mit leuchtenden, wütenden Augen. Ein Tier … ein verzweifeltes Tier. Aber Tiere sind nicht bewaffnet und jetzt wusste Lars, warum sie die Kiste mit der Luger nicht gefunden hatten, deren Lauf direkt auf Sørens Schläfe zeigte. Alle erstarrten. Nicht zuletzt der entsetzte Søren, der aussah, als ob er in einem Schraubstock säße. »Gunnar«, keuchte er, »kannst du nicht …«
Lars streckte versöhnlich einen Arm aus, als der Bursche hinter Søren sie anfauchte: »Raus!«
Luffe stürzte als Erster die Treppe hinunter. Gunnar war sichtlich verwirrt, musste sich aber auch zurückziehen und Søren sitzen lassen.
Lars nickte ihm zu und sah wieder den Arbeiterjungen

aus der Ziegelei an, der so verzweifelt und verängstigt war. Eine unhaltbare Situation.
Gunnar ging langsam zu Luffe hinunter, der sagte, die Knarre sei bestimmt nicht geladen. Gunnar brachte ihn zum Schweigen.
Oben auf dem Dachboden versuchte Lars durch Blicke und Bewegungen den Burschen zu beruhigen.
»Kommst du, Lars?«, rief Gunnar.
Lars war schon unterwegs zur Treppe, als der Bursche Søren mit einem Tritt zu den anderen nach unten beförderte. Bald darauf war es still.
»Wir wollten nichts stehlen«, sagte Lars und ging mit schwarzem Gewissen nach unten.
Sie stürzten fast aus dem Pavillon und Gunnar beruhigte Søren, der vor Wut nahezu schäumte.
»Zum letzten Mal«, rief er, »zum letzten Mal für lange, lange Zeit haben wir auf Lars Balstrup gehört!«
Luffe stieg auf sein Fahrrad, während Søren mit steifem Zeigefinger dem Dachboden des Pavillons drohte.
»Und was dich angeht, du kleines Miststück«, rief er, »dich kriegen wir schon noch, darauf kannst du dich verlassen.«
Drei scharfe Schüsse peitschten über den Wald und fanden in der Ferne ein Echo. Zwei Ziegel rutschten vom Dach.
Sie sprangen auf ihre Fahrräder und waren in wenigen Sekunden verschwunden.

4. Kapitel

Die Kolstrup-Ziegelei lag vor der Stadt und bildete neben der Brauerei den wichtigsten Arbeitsplatz. Beide Betriebe standen jetzt unter deutscher Kontrolle und die Produktion war umgestellt.

Lars und Gunnar kamen gemeinsam aus der Schule. Es war der letzte Tag vor den Ferien und entsprechend gut war die Stimmung. Egal wie, jetzt war Sommer in Dänemark, hatte der Rektor gesagt, ehe sie sich getrennt hatten.

Gunnar war in übermütiger Stimmung und offenbar hatte er die Episode im Pavillon völlig vergessen.

Lars hatte eigentlich andere Pläne, aber Gunnar zog ihn mit in die Algade, wo er vor Olssons Gold-und-Silber-Geschäft stehen blieb.

Ein Gedanke jagte durch Lars' Kopf: Einbruch. Gunnar der Heilige will sich die Engelsflügel abschneiden und bei Olsson einbrechen. Gunnars lächelndes Gesicht aber brachte ihn rasch auf andere Gedanken. Sie gingen zu dem großen Fenster.

Gunnar packte Lars am Nacken und der entdeckte sie sofort. Sie lagen nebeneinander auf einem Stück schwarzem Samt, als wichtigster Blickfang des Ladens.

»Echtes Silber«, sagte Gunnar ehrfurchtsvoll.

Lars schwieg. Die Ringe waren schön, sehr schlicht, sehr … treu. Gunnar klopfte ihm leicht auf die Schulter.

»Du bist der Einzige, der es weiß«, sagte er. »Ich möchte es beim Regattafest bekannt geben. Wäre das nicht eine gute Gelegenheit?«

»Doch, sicher«, murmelte Lars und sah Irene vor sich, die in ihrem geblümten Sommerkleid mit dem weißen Kragen in den kurzen Söckchen und den weichen Flechtschuhen über den Schulhof lief. Prinzessin Irene von Dänemark. So jung wie der Tau im Gras, so schön wie Bernstein.

Gunnar redete los, jetzt über den Pavillon. Lars sollte sich keine Sorgen machen, es war doch nicht seine Schuld gewesen. Die Idee an sich war in Ordnung. Und Søren war ihm auch nicht mehr böse.

Sie gingen in die überfüllte Konditorei. Gunnar holte Kuchen und Schokolade. Lars beobachtete ihn, als er am Tresen stand. Hatte das Gefühl, dass sich tief in ihm etwas öffnete, eine Falltür.

Gunnar stellte die Tassen auf den Tisch und war Feuer und Flamme. Seine Wangen glühten.

»Findest du, ich sollte es zuerst erzählen, Mutter und Vater, meine ich?«

Lars blickte auf und dachte: Jetzt sehe ich direkt in den Himmel hinein.

Er räusperte sich und hatte ein unangenehmes, brennendes Gefühl.

»Gunnar«, murmelte er. »Ich … ich muss dir etwas sagen, etwas …« Lars blieb stecken und rang unter dem Tisch die Hände. Inzwischen aß Gunnar seinen Kuchen.

»… es geht um … ja, es geht um …«

»Nun sag schon! Ich seh dir ja an, dass dich etwas belastet.«

Lars ließ seinen Blick in die Ecke wandern, wo drei deutsche Soldaten vier Dänen aufforderten ihnen Platz zu machen.

»Es geht um die Ziegelei.«
Gunnar fragte, was denn mit der Ziegelei los sei.
»Daher kommt die Luger«, erklärte Lars matt. »Ich habe ... ihn im Auge behalten, den, der sie geklaut hat. Er ist nicht älter als ich, ja, du hast ihn ja selbst gesehen. Er kommt von dort draußen. Wohnt in den Baracken. Ich wusste natürlich nicht, dass er da war, aber ... ich habe überlegt, wenn ich nun mit ihm rede? Es könnte doch nützlich sein, ihn in petto zu haben?«
»Du meinst, als Ordonnanz?«
»Ja, das habe ich gedacht, so in der Richtung.«
Gunnar überdachte diesen Vorschlag, schüttelte dann aber den Kopf.
»Das ist zu gefährlich«, sagte er. »So einem Burschen dürfen wir überhaupt nichts verraten.«
»Aber wenn wir dafür die Pistole bekommen können?«
Gunnar leerte seine Tasse.
»Das können wir hier nicht diskutieren. Aber ... wenn du ihn aufsuchst, dann musst du mir versprechen ihm nichts zu verraten. Du hast einen Eid abgelegt. Vergiss das nicht.«
»Was soll ich denn schon groß verraten?«, fauchte Lars. »Dass ihr ein paar Nummernschilder gemopst habt?«
Gunnar brach in ein breites verzeihendes Lächeln aus und lockerte seinen Schlips.
»Okay, Bruderherz«, sagte er. »Aber jetzt sag mir ganz ehrlich, wie findest du die Ringe?«

Lars hatte schon einige Male vor der Ziegelei gestanden und auf Feierabend gewartet. Diesmal betrat er sogar das Gelände der Ziegelei und ignorierte den deutschen Wachtposten, der ihn träge ansah. Genau zehn Minuten später wurde zum Feierabend gepfiffen. Die Arbeiter strömten verschmutzt und müde aus der Ziegelei und wanderten mit zielbewussten Schritten nach Hause. Kurz darauf entdeckte Lars den Jungen. Er ging mit seltsam leeren Händen ganz allein.

»Hallo ... Momentchen, du!«

Der Bursche drehte sich langsam um und sah Lars ohne besondere Überraschung an.

Lars streckte den Arm aus. »Können wir ein paar Minuten reden?«

»Worüber denn?« Die Stimme war heiser, klang ein wenig gerissen und vielleicht auch leicht vorwurfsvoll. Seine Züge hatten etwas Schweres. Einen unglücklichen Zug um die Augen, vielleicht war er nur müde.

Lars scharrte mit dem Fuß auf dem Boden und sah kurz wieder die beiden Verlobungsringe auf dem schwarzen Samt vor sich.

»Ja, das, was neulich an dem Abend passiert ist, tut mir Leid. Im Grunde war es meine Schuld. Ich meine, wenn ich gewusst hätte, dass sie dir gehört ...«

Sie gingen hinter den Fabrikhof, wo eine verwahrloste Wiese zum Fluss führte.

Lars ging neben dem jungen Arbeiter her, der ihn nicht ansah. Er schob einfach sein schwerfälliges Fahrrad vor sich her.

»Ich ... heiße Lars«, sagte Lars schließlich, vor allem, um ein Gespräch in Gang zu halten. »Lars Balstrup. Ja, mein Vater ist der Probst ... hier in der Stadt.«

Das schien auf den anderen keinen besonderen Eindruck zu machen. Er zupfte nur mit einem schwarzen Finger am Sattelbezug herum.

»Wie gesagt«, fuhr Lars fort, »natürlich verraten wir niemandem etwas über ...«

»Die liegt nicht mehr da. Ich hab sie weggebracht.«

Lars sah die Hände des anderen an; sie waren groß und grob und vor allem schmutzig. »Ich weiß nicht«, sagte er, »ob du ein Geheimnis für dich behalten kannst?«

Der andere sah aus, als sei das Wort »Geheimnis« in einer für ihn unverständlichen Sprache gefallen.

»Verstehst du ...« Lars blieb stecken und lächelte über sich selber und über die hoffnungslose Situation. Außerdem hatte der Junge etwas, was Lars gleich beim ersten Mal aufgefallen war, als er ihn gesehen hatte. Einen Trotz. Eine ... Unbesiegbarkeit. Und eine entwaffnende Verletzlichkeit.

»Darf ich fragen, wie du heißt?«

»Ich? Ich heiße Otto.«

Lars nickte. Als ob das einen großen Unterschied machte. Und der andere fügte hinzu: »Hvidemann.«

Den Nachnamen sagte er mit einer ganz anderen Betonung. Mit einem Anflug von Stolz. Lars betrachtete das als eine Art Öffnung.

»Otto«, sagte er geradeheraus, »wir machen etwas, ich und die anderen, gegen die Deutschen ... natürlich ist das ... vertraulich.«

Der andere sah ihn nicht an, lauschte aber aufmerksam.

»Und die Luger könnten wir verdammt gut brauchen.«

Als Otto schwieg, fuhr Lars fort, jetzt auf eigene Kappe: »Wir haben darüber gesprochen ... ich und die anderen ... dass wir gut eine Art ... Ordonnanz brauchen könnten.«

Sie sahen sich an. Das Wort ›Ordonnanz‹ hing zwischen ihnen wie ein Fremdkörper, der langsam in Auflösung überging.

»Ich kann ... fast alles besorgen«, sagte Otto schließlich. Er sagte es langsam, mit einer leicht traurigen, konstatierenden Stimme. Als sei es sein schweres Los, sich um solche Angelegenheiten zu kümmern. Lars musterte ihn eindringlich.

»Äh, fein, Otto, fein. Und gerade da kommt doch die Pistole ... wie soll ich sagen ... ins Spiel. Wenn du mitmachen willst.«

Otto nickte und betrachtete seine schwarzen Pranken.

»Ich könnte sie ja bringen, wenn du das willst.«

Lars setzte geschäftsmäßig einen Fuß vor den anderen.

»Das könntest du natürlich, aber vielleicht wäre es besser, wenn ich sie holen würde?«

»Ich möchte sie lieber selber abliefern.«

Lars seufzte, nicht die Spur überrascht.

»Wir können ja verabreden«, sagte er, »dass du sie heute Abend bringst. Zu St. Petri ...«

»Der Kirche?«

»Ja, der Kirche. Du gehst hintenrum, links vom Eingang. Das ist der alte Fraueneingang.« Lars lächelte, wusste aber plötzlich nicht, warum. Otto lächelte jedenfalls nicht.

»Sagen wir, um acht.«

»Um neun.«
Otto packte sein Rad und schlug ruhig den Weg zur Ziegelei ein. Er wollte in seinem Programm weitermachen, ging aber trotzdem still und ruhig. Wirkte wie einer, dessen Leben sehr früh routinemäßig eingeteilt wird und der nicht unnötig Zeit mit Grübeleien darüber vergeudet, warum das so sein muss.
Lars dagegen fuhr rasch durch die Stadt und hoch zur Kirche und dachte, dass er bestimmt ganz schön viel Ärger mit Søren und Gunnar bekommen würde, aber soviel er sehen konnte, war Otto Hvidemann das wert.

5. Kapitel

Irene war zum Essen gekommen und fügte sich wie üblich wie eine Schwester, eine Schwägerin, eine Schwiegertochter und eine Freundin in die Familie ein. Über den gedämpften Schollenfilets ging die Unterhaltung hin und her. Gunnar und die Mutter führten das Wort. Ab und zu brummte der Vater irgendetwas Unverständliches, wie um zu beweisen, dass er nicht schlief.
Lars verdächtigte ihn, Talar, Kirche und sogar Religion als Tarnung zu verwenden für eine ganz andere Welt, ein ganz anderes Dasein. Seine Haltung dem Krieg gegenüber war klar und einfach: Er tat seine Pflicht und richtete sich den Alltag im Grunde so ein wie immer, versäumte aber selten die Gelegenheit, seinen Standpunkt zu markieren. Der tauchte auf in Nebensätzen in

seinen Predigten, in seiner Wahl der Lieder und wenn man ihm zu nahe trat. Trotz seiner Jovialität war das Territorium klar gekennzeichnet. Gleichzeitig verfolgte er das, was er den Verlauf der Schlacht nannte, mit einem Interesse, das er sonst nur seinen Briefmarken widmete. Er hörte eifrig Radio, ja, die Sendungen aus London waren fast schon heilig und die Nachrichten vom Schlachtfeld wurden mit Sorgfalt und Korrektheit in seine Generalstabskarte eingezeichnet. Zu Rosen konnte er sagen: »Rommel wird schwer zu schlagen sein, aber zum Ausgleich geht es in Russland schief. Aber es macht mir Sorgen, dass Alexandria jetzt nur noch zweihundert Meilen entfernt ist.« Rosen sagte nur selten etwas über den Krieg, nahm seine Mahlzeiten schweigend ein und redete nur, wenn er gefragt wurde. Zum Ausgleich hörte er allem und allen höflich zu. Er war immer derselbe stille Mann, selten schlecht gelaunt, reich durch ein bewundernswertes Gleichgewicht, einen Mittelpunkt in seinem Wesen, der vielleicht größere Opfer erforderte, als man im ersten Moment glauben mochte.

Irene saß neben Gunnar am Fußende und war schweigsamer als sonst. Oft wurde die Gesellschaft durch ihre Anwesenheit geradezu aufgemuntert, ja, sogar dem Vater fielen alte Witze ein, nur an die Pointen konnte er sich meistens dann doch nicht erinnern. Gunnar unterhielt sie mit einer weiteren Junkersen-Anekdote. Studienrat Junkersen hatte diesmal einen stundenlangen Vortrag über die arische Rasse gehalten. Der deutschfreundliche Lehrer hatte die indogermanischen Qualitäten zum Ausgangspunkt genommen und sie als edel und vornehm charakterisiert, eine hoch stehende Rasse ... ja, kurz gesagt, keine Juden.

»Dass er sich so was erlaubt«, schimpfte Gunnar mit flammenden Wangen und spießte eine Kartoffel auf. Er sah aber trotzdem immer noch aus wie das Schoßkind des Glücks und seine überschäumend gute Laune lag direkt unter der Verbitterung, wie ein blanker Taler in stillem Wasser.

Der Vater murmelte etwas davon, dass das Wort »arya« ursprünglich aus dem Sanskrit stammte. Rosen sagte leise, dass auch viele Dänen ein angestrengtes Verhältnis zu den Juden hätten.

Schweigen senkte sich über den Tisch.

»Ja, ich wollte euch ja nicht den Appetit verderben«, fuhr er fort. »Es gibt wirklich viele Juden, die ich auch nicht ausstehen kann.«

Gunnar und der Vater lachten. Die gute Stimmung war wieder hergestellt. Man stieß mit Buttermilch an. Und plötzlich steckte die Mutter mitten in einer aufgeregten Geschichte über Herrn Samson, der in der Jernbanegade wohnte, wo sein kleiner Kellerladen im Handumdrehen zum führenden Kaufhaus der Stadt geworden war. Von seinem Handel mit Knöpfen und Leinenband war er zu edlen Stoffen, Teppichen, Leder und Fell übergegangen. Am Ende hatte Samson das ganze Grundstück mitsamt dem Nachbarhaus gekauft. Achtzehn Angestellte hatte er, ehe er nach Schweden floh.

»Und im Kaufhaus saß immer dieses kleine hässliche Männlein hinter der Kasse und zählte sein Geld, das war alles, was er im Kopf hatte, Geld, Geld, Geld ...« Die

Mutter hatte sich in Hitze geredet, blieb dann aber plötzlich stecken. Wieder hatte sich Schweigen über den Tisch gesenkt und Gunnar zupfte verlegen an seinem Serviettenring herum, während der Vater seine ganze Aufmerksamkeit einer unschuldigen Fischgräte widmete.
Die Mutter warf einen kurzen Blick auf Philip Rosen, der lächelte und seine Hand auf ihre legte.
Und plötzlich spürte Lars einen Kloß im Hals. Er wusste sehr gut, dass das nicht an Organist Rosen lag, sondern daran, dass der ganze Tag so … verwirrend gewesen war. Da war die Begegnung mit Otto Hvidemann, aber vor allem die beiden Silberringe auf dem schwarzen Samt. Und jetzt noch Rosen.
»Ich habe«, sagte der Organist und streichelte die Hand der Mutter, »ich habe eine Flasche alten Portwein aus Prag aufbewahrt und ich dachte, wir könnten sie nach dem Essen aufmachen.«
»Ja, Alkohol ist ein Teufelswerk«, brummte der Vater. »Holen Sie die Flasche, Rosen, und bringen wir's hinter uns.«
Irene und die Mutter räumten ab. Lars sah Irenes Hände an, wie sie die Schüsseln anfassten. Vor allem den Ringfinger. Daran steckte ein cremefarbener Elfenbeinring. Ein Mädchenring. Einer, den sie sich selber gekauft hatte. Er stand ihrer sonnenbraunen Hand gut. Bewies ihre Freiheit. Ganz anders als die Fessel auf dem schwarzen Samt. Die Mutter band sich eine Schürze um. Jetzt wurde gespült und Tee gekocht.
»Ich möchte mit dir in die Südsee fahren«, flüsterte er. »Der Teufel soll Junkersen holen!«

Lars fuhr herum. Gunnar stopfte seine Pfeife und redete mit sich selber. Er ging mit Lars auf den Flur.
»Hast du mit diesem Burschen gesprochen?«
Lars nickte. »Er heißt Otto.«
Gunnar schüttelte den Kopf und lachte.
»Warum ist das komisch?«
»Einfach so. Sag mal, was ist dir über die Leber gelaufen, Bruderherz?« Gunnar drehte Lars um und sie standen sich genau gegenüber.
»Gar nichts.«
»Du hast ihm doch wohl nichts erzählt? Über uns?«
»Natürlich nicht. Aber ich glaube, er ist bereit uns die Knarre zu geben.«
Gunnar zog an der Pfeife und sah Lars voller Anerkennung an. Irene kam zu ihnen heraus.
»Na, habt ihr euch hier versteckt?«
Gunnar blies ihr Rauch ins Gesicht und legte den Arm um sie.
»Und über was für Geheimnisse redet ihr hier?« Sie sah Lars an.
»Über Junkersen«, antwortete Gunnar.
»Über Frauen«, sagte Lars.
Gunnar prustete los.
»Hör dir den Fachmann an«, sagte er.
Lars ging in die Diele.
Irene rief ihm nach: »Triffst du dich immer noch mit dieser schönen Kirsten?«
Er öffnete die Dielentür.
»Ich kann mich nicht mit einer begnügen«, sagte er trocken und schloss die Tür.

Er konnte sie ins Wohnzimmer gehen hören und für eine Weile lehnte er sich an den Türrahmen. Warum bin ich bloß so ein großer Idiot? Warum hab ich immer so eine große Klappe und bin so völlig unmöglich? Und warum laufe ich immer feuerrot an, bloß weil sie mir die Soße reichen will?
Genau eine Stunde später stand er vor der Kirche und sah Otto auf seinem schwarzen Fahrrad kommen. Erst jetzt ging Lars auf, worum er den anderen überhaupt gebeten hatte. Mit einer gestohlenen Luger unter der Jacke quer durch die Stadt zu fahren. Man wurde manchmal angehalten und durchsucht, nicht oft, aber es kam vor.
Er zog Otto an die Mauer.
»Danke, dass du gekommen bist …«
Otto blickte sich zögernd um. Er war frisch gewaschen und roch nach grober Seife.
»Hast du sie bei dir?«
Otto klopfte sich auf die Brust. Lars trat von einem Fuß auf den anderen.
»Ja, die anderen sind oben … die sind immer noch ein bisschen sauer wegen dem, was draußen im Pavillon passiert ist, aber … also, ich habe gedacht, wenn du mir jetzt die Knarre gibst …«
Otto sah ihn an. Verständnislos.
»Die Sache ist die«, fuhr Lars fort. »Ich kann dich nicht … reinlassen. Nicht jetzt … sofort. Das kannst du doch verstehen, oder?«
Otto musterte seine Füße. Er trug Holzschuhe.
»Doch, schon«, sagte er leise. »Aber wenn ich doch … Ordonnanz sein soll?«

Lars räusperte sich.
»Jetzt weiß ich, was wir machen. Warte zwei Minuten, Otto, warte nur zwei Minuten.«
Er lief die tausend Stufen hinauf und erreichte atemlos den Dachboden, wo Søren gerade über den fetten Göring und eine Karikatur erzählte, die er gesehen hatte. Luffe wandte sich sofort an Lars: »Hast du sie?«
Lars sah Gunnar an, der die Füße auf den Tisch gelegt hatte.
Sie tranken Tee.
»Nein«, stöhnte Lars. »Und ja ... das heißt, die Luger ist unten, aber ah, der, der ... der sie hat ... der vom Pavillon draußen, der ist auch hier.«
Luffe zeigte ein breites Grinsen. »Der Vater der Pistole.«
Gunnar stand auf.
»Willst du sagen, dass dieser Arbeiter hier ist, bei der Kirche?«
Lars breitete die Arme aus. Søren schüttelte den Kopf.
»Hast du diesen Jungen hier raufgeschleppt?«, flüsterte Gunnar vorwurfsvoll.
»Ich sage ja, dass er unten bei der Tür steht, oder? Ich dachte, wir interessierten uns für die Knarre.«
Luffe sagte, dass das ja auch stimmte. Søren fragte, was das Ganze eigentlich sollte? Ein Arbeiter, ein Dieb ...
»Okay«, rief Lars, der langsam die Nase voll hatte. »Okay ... aber vielleicht kann er uns ja etwas anderes besorgen als Heftzwecke und Pappe. Ich dachte, wir meinten das ernst. Entschuldigung, falls ich etwas missverstanden habe ...«
Gunnar brachte ihn zum Schweigen.

»Vielleicht könnten wir einen zivilisierteren Ton finden. Wir möchten diese Pistole gern sehen. Natürlich möchten wir das. Aber du musst ja wohl selber zugeben, dass wir nichts riskieren dürfen. Es ist doch selbstverständlich, dass er nicht hier heraufkommen kann. Du kannst ihm sagen … du kannst Otto sagen, dass wir uns morgen unten auf der Wiese mit ihm treffen.«

Lars stemmte die Hände in die Hüften.

»Gunnar! Das können wir nicht machen. Er ist den ganzen Weg hierher gekommen. Und da können wir ihm nicht einfach sagen, er sollte wieder verschwinden.«

»Hör jetzt auf, Lars«, sagte Søren. »Bei uns können nicht alle möglichen Arbeiter aus und ein gehen.«

»Ich rede ja auch nicht von allen möglichen.«

Luffe schaltete sich ein. »Warum gehen wir nicht einfach runter und reden mit dem Jungen?«

Sie sahen ihn an. Gunnar zuckte mit den Schultern.

»Okay«, sagte er. »Sag ihm, dass wir uns in der Kirche treffen.«

»In der Kirche«, wiederholte Lars.

»Ja, in der Kirche!«, bestätigte Gunnar und kehrte zum Tisch zurück.

Otto Hvidemann hatte St. Petri, eine der größten und ältesten Kirchen des Landes, noch nie betreten. Abends war sie besonders düster, wenn alle Lichter gelöscht waren und die Schatten durch die hohen Fenster hineinfielen. Er und Lars gingen langsam zum Altar.

»Der ist zwischen 1682 und 1696 errichtet worden«, flüsterte Lars hilfsbereit.

Otto starrte das riesige Gewölbe an, das von vier kräf-

tigen Säulen getragen wurde. Von der Decke starrten Engel und Dämonen auf sie herab.
Sie setzten sich in die erste Bankreihe.
Zwanzig Minuten später öffnete sich hinter ihnen die Tür. Sie drehten sich um. Gunnar stand als Silhouette in der Türöffnung, flankiert von Søren und Luffe.
Otto starrte sie verwirrt an, als sie mit ernsten Mienen langsam auf ihn zukamen. Sie sahen aus wie ein Hinrichtungskommando.
Gunnar wandte Otto seine Seite zu, als er sagte: »Lars sagt, du hättest etwas für uns.«
Otto stand auf und steckte die Hand unter sein Hemd. Die Pistole kam zum Vorschein. Gunnar musterte sie abschätzend und Luffe fiel aus der Rolle und kicherte hingerissen.
»Ich kann auch noch mehr … Munition besorgen«, sagte Otto dann.
Gunnar nickte, nahm die Luger und reichte sie an Søren weiter, der sie ohne sie anzusehen in die Tasche steckte.
»Wie heißt du noch, außer Otto?« Gunnars tiefe Stimme klang in der großen Kirche gebieterisch und hart.
»Hvidemann«, antwortete Otto leise. »Otto Hvidemann.«
»Wo wohnst du?«
Lars sah Gunnar verständnislos an. »Ist das hier ein Verhör, Gunnar?«
Gunnar ignorierte ihn und wiederholte seine Frage.
Otto antwortete, er wohne hinter der Ziegelei, in Nummer 18.
»Meinst du die Baracken?«
Otto nickte.

»Und du arbeitest in der Ziegelei. Hast du noch Geschwister?«
»Ja«, antwortete Otto. »Zwei Schwestern. Aber die sind noch klein.«
»Was macht dein Vater?«
Otto senkte den Blick. »Mein Vater ist tot«, flüsterte er.
Lars sah Gunnar wütend an und Gunnar kam für einen Moment aus dem Konzept. Luffe kicherte nicht mehr.
»Was macht deine Mutter?«, fragte Gunnar.
»Die ist Kellnerin.«
Gunnar wandte ihm wieder die Seite zu und stand breitbeinig da.
»Wir müssen wissen, wer du bist«, sagte er. »Und vorläufig wissen wir, wo du wohnst, wie du heißt, was du arbeitest und … dass du eine deutsche Pistole gestohlen hast. Das Wichtigste ist aber, Otto Hvidemann, dass du uns nicht kennst! Dass du nie hier gewesen bist und dass du keinen von uns je wiedererkennen wirst. Hast du das verstanden?«
Lars sah Otto an, der überhaupt nicht zu begreifen schien. Gunnar fuhr fort: »Du darfst nie – und ich wiederhole: nie – versuchen Kontakt zu uns aufzunehmen. Wenn es nötig sein sollte, dann wenden wir uns an dich. Wir haben, wie du vielleicht weißt, gewisse Pläne und deshalb müssen wir uns sichern.«
Gunnar sah Søren und Luffe an, die beide nickten. Eine Sekunde später waren sie aufgesprungen und unterwegs zum Ausgang.
Lars sah Otto an, der immer noch an der Bank stand und seinen Hemdenzipfel in den Händen wrang. Jetzt er-

scholl seine Stimme quer durch die Kirche und traf Gunnar, Søren und Luffe, die gerade die Tür erreicht hatten. »Ich will meine Pistole zurück!«
Gunnar erstarrte, drehte sich dann aber mit ungläubigem Gesicht um. »Was hast du gesagt?«
Langsam kamen sie zurück. Lars sprang auf. Gunnars Haltung wirkte jetzt direkt bedrohlich.
»Können wir uns kurz unterhalten, Gunnar?«, fragte Lars.
Søren sagte, er habe diesen Kindergarten satt. Otto wiederholte ohne irgendwen anzusehen, dass er seine Pistole zurückhaben wollte.
»Aber du hast sie uns doch gerade erst gegeben«, wandte Luffe logisch ein.
Otto blickte auf. »Ja, aber ich habe doch gedacht ... ich habe gedacht, ich würde ... mitmachen«, sagte er leise.
Søren schlug sich an die Stirn und setzte sich auf eine Bank, wobei er mit ärgerlichem Gesicht seine Uhr ansah.
Gunnar sagte: »Das ... davon kann keine Rede sein.«
»Warum eigentlich nicht?«, fragte Lars.
Søren stand auf. »Gunnar, wir geben ihm seine kleine Drecksknarre zurück. Ich hab die Faxen jetzt dicke.«
Gunnar zögerte und fixierte Luffe, der mit den Schultern zuckte. Gunnars Blick wanderte zu Lars weiter, der hinter Otto stand.
»Er weiß ja ohnehin schon, wer wir sind«, murmelte Luffe.
»Ja, das ist wirklich komisch«, meinte Søren.
Gunnar zog ihn energisch in eine Ecke.
Drei Minuten verstrichen, in denen sie verbissen, aber leise diskutierten.

Lars sah Luffe an, der breit lächelte und mit den Fingern eine Pistole bildete. Dann kam Gunnar zurück. Mit angespanntem Gesicht.
»Otto Hvidemann«, sagte er mit mühsam erkämpfter Ruhe. »Kannst du den großen Leuchter an der Decke sehen?«

6. Kapitel

Es wurde noch nicht sehr lange am Flugplatz der Stadt gearbeitet. Zum Ausgleich liefen die Arbeiten aber rund um die Uhr, um die Landefläche zu erweitern, damit im Frühjahr 43 die Luftbrücke nach Norwegen aufgenommen werden könnte. Viele Dänen, vor allem Leute aus dem Ort, hatten dadurch Arbeit gefunden. Noch mehr blickten sie scheel an, da sie indirekt Nazi-Deutschland gegen das kleine Norwegen halfen, dessen heroischer Kampf in Dänemark, das wegen seines mangelnden Kampfeinsatzes ein schlechtes Gewissen hatte, sorgfältig beobachtet wurde.
Gunnar und Luffe hatten abwechselnd den Schichtwechsel auf dem Flugplatz beobachtet. Nach ihren Beobachtungen gab es zwischen 23.00 und 23.30 Uhr eine Art toten Punkt und das Gelände lag verhältnismäßig unbewacht da. Gerade lange genug, um aus dem Wald über die Landebahn die Baracke zu erreichen, die das Ziel der Aktion bildete. Es kam also darauf an, den richtigen Zeitpunkt zu finden und nicht an einer Flugplatzecke

von den suchenden Lichtkegeln des Wachtturmes eingefangen zu werden.
Die Baracke war weniger als fünfzig Meter vom Turm, dem Kontrollgebäude und dem flachen Hangar entfernt. Die Deutschen hatten außerdem noch einen großen grauen Mannschaftsschuppen errichtet, den man mit in Betracht ziehen musste.
Sie waren spät aufgebrochen. Lars und Gunnar aus dem Pfarrhaus, übrigens mit derselben Entschuldigung wie Luffe und Søren, die alle ihren jeweiligen Eltern erzählten, sie wollten in den Ruderklub und mit dem langen Achter trainieren. Von allen möglichen Entschuldigungen war die für die Eltern die akzeptabelste. Der Achter war immer noch der Stolz der Stadt und für die Eltern galt es als eine Ehre, einen Sohn dort am Ruder zu haben. Was Otto Hvidemann als Erklärung angegeben hatte, interessierte niemanden. Hauptsache war, dass alle zum verabredeten Zeitpunkt an Ort und Stelle waren.
Jetzt saßen sie in der Dunkelheit bei – wie es ihnen vorkam – ihrer ersten richtigen Operation. Søren hatte Tarnschminke beschafft, die alle nacheinander benutzt hatten. Jetzt richteten sich ihre Blicke auf die Landebahn und den fegenden Lichtkegel. Und auf ihre Uhren.
Lars war bei Organist Rosen gewesen, der in seinem chinesischen Schlafrock herumstapfte und weiter von der Welt und damit dem Krieg entfernt war, als Lars hinnehmen mochte. Jedenfalls nicht bei dieser Gelegenheit. Er wollte Rosen gern zu seinem Vertrauten machen, wollte ihn in die Furcht hineinziehen, die so latent dalag und die viele unbehagliche Zweifel hervorrief. Wie Rosen

einmal gesagt hatte: »Wie unendlich kurz das Leben doch ist, Lars Balstrup. Wir können es uns gar nicht leisten, so viel Zeit zu vergeuden.«

Nicht dass die Aktion Lars als Zeitverschwendung erschien. Schlimmstenfalls könnte sie, wie unbedeutend sie auch erscheinen mochte, zu einer unverzeihlichen Vergeudung von Leben werden. Vielleicht. Trotzdem hatte er nichts gesagt. Vielleicht um den träumenden Mann zu verschonen, der sicher auch seine Sorgen hatte.

Lars sah die anderen an: Søren, Luffe und Gunnar. Und Otto, der einen altmodischen Rucksack trug. Gunnar schien mit seiner Aufgabe zu wachsen. Seine Autorität hatte plötzlich ihren Platz gefunden, eine Aufgabe. Søren war verkniffen, hatte einen ultrakurzen Geduldsfaden und wartete einfach nur. Worauf er wartete, war schwer zu sagen. Luffe war noch grauer im Gesicht als sonst.

Während Otto … ja, was wussten sie eigentlich über ihn? Er hatte die Aufnahmeprüfung mit dem Kronleuchter mit Glanz bestanden. Hatte keinen Zentimeter nachgegeben, obwohl Søren und Gunnar – vielleicht – die Zeit um eine Spur gedehnt hatten. Aber als Lars danach die Handflächen des Jungen gesehen hatte, waren die blutverschmiert gewesen.

»Okay«, flüsterte Gunnar und sah sie mit konzentriertem Blick an. »Søren bleibt wie abgemacht hier am Waldrand … mit der Signallampe. Wenn es Probleme gibt, dann leuchtet er zweimal.«

Søren nickte.

»Lars ist unser Verbindungsglied. Er deckt das Landeareal. Und behält Sørens Lampe im Auge. Luffe, Hvidemann und ich gehen rüber und arbeiten wie abgemacht, schnell, präzise und ohne Schnickschnack. Ist das klar?«
Alle nickten.
»Wir sind voneinander abhängig«, murmelte Gunnar. »Genau wie im Boot. Wenn einer patzt, sind wir anderen … kaputt.«
»Nur mit dem Unterschied«, fügte Søren leise hinzu, »dass es hier nicht um Medaillen geht. Oder Pokale.«
»Nein, sondern um die Ehre der Stadt … und des Landes«, flüsterte Gunnar.
Er sah Luffe an, der die zusammengerollten Aufrufe trug.
Lars starrte seine Uhr an. Irgendwo schnurrte ein Propeller. Ein Flugzeug machte sich hinter dem großen Hangar abflugbereit. Zusammen mit der Dunkelheit und dem fegenden Licht des Propellers schuf das eine bedrohliche Atmosphäre.
Lars wusste, dass Gunnar die Pistole in der Tasche hatte. Gut zu wissen, aber gleichzeitig musste Lars Søren Recht geben. Es verschärfte die Umstände. Man stahl eben nicht bewaffnet mit einer Luger Nummernschilder, Feldmützen und Wimpel. Wenn sie das verdammte Pech haben sollten, festgenommen zu werden, während sie mit Schraubenzieher und Brecheisen zugange waren, ließ sich das vielleicht noch übersehen. Die Frage dagegen war, wie die Wehrmacht sich zu einem gediegenen Einbruch durch eine Gruppe von Dänen stellte, die zu allem Überfluss auch noch mit einer deutschen

Pistole bewaffnet waren. Gunnar hatte das ganz offen gesagt, als er mit Otto und Lars auf der Wiese hinter der Ziegelei Schießen geübt hatte.
»Die sperren uns vielleicht ein ... in Deutschland. Nur, damit ihr's wisst.«
Er hatte auf den kleinen Kokssack voller Schlacken gezielt.
»Macht dir das Angst, Bruderherz?«, fragte er.
Lars sah ihn nicht an, als er antwortete: »Ja, Gunnar, das macht mir eine Sterbensangst.«
Gunnar zielte und schoss. Und traf daneben. Lars versuchte es ebenfalls, aber es gefiel ihm nicht. Er sagte es offen: »Wenn unbedingt geschossen werden muss, dann jedenfalls nicht von mir.«
»Was ist mit dir, Hvidemann?«, fragte Gunnar. »Kannst du schießen?«
Otto nahm die Pistole, entsicherte sie und plaffte ein großes Loch in den Sack. »Ja«, sagte er leise. »Das kann ich.«
Um Punkt 23.00 Uhr liefen sie gebückt über die Landebahn und warfen sich auf den Bauch, als der eisblaue Lichtkegel über den Asphalt fegte, worauf sie zur Baracke hinüberrannten und sich atemlos an die Wand pressten.
Lars spürte seinen Atem wie etwas, das wehtat. Er starrte Luffe an, der mit zitternden Händen am Schlüsselbund herumfummelte. Otto hielt die Plakate.
Gunnar schaute um die Ecke. Im Mannschaftsschuppen brannte Licht. Es war sogar Musik zu hören.
»Komm schon, komm schon, Luffe«, flüsterte er ungeduldig.

Luffe blickte auf: »Die hören Benny Goodman«, sagte er.
Gunnar verdrehte die Augen.
Luffe kroch zum Schloss und probierte den ersten Schlüssel aus. Der brachte es nicht. Die drei nächsten waren genauso hoffnungslos.
Lars erblickte einen einsamen deutschen Wachtposten, der mit seinem Kettenhund umherstolzierte.
»Ich fass es einfach nicht«, murmelte Luffe. »Das ist doch ein Universalschloss.«
Gunnars Schweiß troff. Luffe fing noch einmal von vorn mit seinen handgemachten Schlüsseln an. Aber jetzt hatte Gunnar es satt.
»Okay«, sagte er. »Gehn wir.« Er wischte sich den Schweiß vom Kinn und zog Luffe hoch.
Lars packte Gunnar am Arm. Der Wachtposten war stehen geblieben.
»Wir warten«, flüsterte Gunnar.
Luffe meinte, die Schlüssel seien sonst die Zuverlässigkeit selber. Lars beobachtete starr den Wachtposten. Der Mann hatte ein Gewehr über der Schulter. Sicher scharf geladen. Und einen Köter an kurzer Leine. Eine falsche Bewegung, nur eine …
»Haltet euch bereit«, flüsterte Gunnar. »Ihr rennt gleich hinter mir her.«
Otto trat einen Meter zurück und versetzte der Tür einen Tritt.
Alle starrten die Tür an, die aufsprang, und Otto, der hineinging.
»Aber … zum Teufel, Mensch«, stöhnte Gunnar.
Die Baracke war nicht sehr groß, höchstens 20 Quadrat-

meter, und sie enthielt einen Schreibtisch, acht Stühle und einen verschlossenen Schrank.
An der Wand hing ein Bild des Führers. Er starrte sie wie üblich mit seinem hysterischen Blick an.
»Alle wissen, was sie zu tun haben«, flüsterte Gunnar, während Luffe Hitler Sommersprossen und eine Brille malte.
Lars folgte ihrer Abmachung und stellte sich vor die Baracke. Gunnar hatte bereits in aller Eile die ersten Plakate an die Wand geheftet. Er und Luffe arbeiteten rasch und effektiv. Lars starrte derweil den Wachtposten und seinen Hund an. ›Das wird schon alles gehen‹, sagte er zu sich selber. ›Bald bist du zu Hause im sicheren Pfarrhaus, wo Vater döst und Mutter Socken stopft. Kriech unter die Decke. Morgen kannst du dich freuen.‹ Das Telefon auf dem Schreibtisch schellte. Luffe und Gunnar starrten es an.
Lars sprang spontan in die Baracke und schloss die Tür.
»Was machen wir jetzt«, stöhnte er.
Lars starrte das Telefon an und hielt sich die Ohren zu. Gunnar trat von einem Fuß auf den anderen und biss sich auf die Lippe.
»Wir müssen wohl rangehen, Gunnar«, rief Lars.
Gunnar riss den Stecker aus der Wand. Eine kurze Sekunde. Eine kurze Sekunde in einer roten Luftblase. Ein stillstehendes Bild. Erstarrt: Irene steht auf dem Schulhof. Rosen sieht sich seine kleinen Aquarelle von der Frau aus Hildesheim an. Vater und Mutter im Garten, sie holen gerade die dänische Flagge ein. Luffe rief: »Raus, zum Teufel, Leute!«

Blitzschnell packten sie ihre Sachen zusammen. Lars riss die Tür auf und sah im selben Moment Sørens Warnsignal.
Er schloss die Tür wieder. Gunnar starrte ihn sprachlos an. »Was machst du da?«
»Søren gibt Blinksignale.«
Gunnar biss sich auf die Fingerknöchel. Sie sahen Otto an, der gerade aus einem großen Kanister in der ganzen Baracke Petroleum vergoss.
»Otto!«, schrie Lars.
Luffe riss die Tür auf und plötzlich geschah alles ganz schnell. Drei Soldaten verließen gerade den Mannschaftsschuppen. Weitere folgten. Goodmans Klarinette mischte sich mit dem Heulen einer Sirene.
Luffe stolperte in der Dunkelheit und riss Gunnar im Fallen mit. Schnell standen sie wieder auf den Beinen und rannten zum Wald hinüber.
Lars dagegen starrte Otto an, der ein Streichholz anzündete und fallen ließ, ehe er Lars packte und ihn mit sich riss.
Sekunden später stand die ganze Baracke in Flammen.
Lars spürte den harten Asphalt wie etwas, das sich durch seine Füße bohrte. Die Unwirklichkeit wuchs. Das hässliche Kreischen der Sirene, die immer nur heulte. Die kläffenden Hunde, die Stimmen in der Finsternis.
Sie sprangen auf ihre Räder. Søren rief irgendetwas. Jetzt einfach lostreten. Den Hang hinab, über den Weg. Nur lostreten. Vorne Søren und Gunnar, dahinter Luffe und Lars und ganz zum Schluss, auf dem schwerfälligen Botenrad … der Brandstifter, Otto Hvidemann.

Eine halbe Stunde später standen sie an der Brauerei. Völlig erschöpft. Lars und Otto. Søren und Luffe waren schon nach Hause gefahren. Gunnar war in Richtung Pfarrhaus verschwunden, als er Lars und Otto quer durch die Stadt rasen sah.

Lars musterte Otto mit brennendem Blick. »Otto«, sagte er. »Wir haben es geschafft. Verdammt, wir haben es geschafft.«

Otto nickte mit einem kleinen Lächeln und blickte auf den großen Hof der Brauerei, wo fünf Pferdeäpfel lagen. »Komm«, sagte er leise, aber entschlossen.

Er schien sich hier gut auszukennen. Sie liefen steile Eisentreppen hinauf, vorbei an der langen Abfüllhalle. Hoch und höher, rund und rund. Bis Otto stehen blieb. Sie befanden sich jetzt ganz oben in einem kalten Raum mit Ventilen, Düsen, Knöpfen und Messapparaten.

»Was machen wir hier?« Lars sah Otto lächelnd an und Otto ging zu zwei großen Griffen, die aus der Wand ragten. An ihrem Ende saßen zwei blau-weiße Porzellangriffe. Otto musste sich auf Zehenspitzen stellen, um sie zu erreichen. Seine verdreckten Pfoten packten sie. Für eine kurze Sekunde drehte er sich um und warf Lars einen festen Blick zu. Dann drückte er die Griffe nach unten. In diesem Moment ging ein heiseres Tuten los. Die Fabriksirenen erfüllten die Luft mit einem zweistimmigen Siegesgeheul, bei dem sich Lars die Nackenhaare sträubten.

Benommen rutschte er über den Boden, als Otto die Griffe losließ und eine Kippe aus der Brusttasche fischte, die er mit geübter Handbewegung anzündete.

Die Nacht draußen war rabenschwarz. Aber irgendwo in der Finsternis brannte eine Baracke. Ein bescheidener Beitrag, aber eine erste Warnung …

7. Kapitel

Lars verdiente sich etwas Geld, weil er zweimal pro Woche im Küchengarten auf den Knien lag und Unkraut jätete. Die Mutter hatte den genialen Gedanken gehabt, die Familie zu Selbstversorgern zu machen, und mit Schlachter, Gärtner und zwei Bauern Abkommen geschlossen, die nach gediegenem Tauschhandel aussahen. Was sie ihnen gab, wurde nie erwähnt, aber Lars hatte den Eindruck, dass Vater, Sohn und Heiliger Geist schon längst taxiert, umgesetzt und getauscht worden waren. Rosen, der behauptete jede Form von gesunder Vernunft zu billigen, hatte angedeutet, dass es Bauer Kjaers engste Verwandtschaft doch sehr überrascht hätte, dass der Bauer in geweihter Erde die letzte Ruhe fand, da Kjaer gar kein Kirchenmitglied gewesen war. Mitglied dagegen war seine Gattin, und der alte Bauer trat posthum und mit Hilfe eines halben Schweines ein. Wie Propst Balstrup sagte, als sie am folgenden Weihnachtsfest ihre Zähne in das Fleisch schlugen: »Das schadet weder Unserem Herrn noch der Erde noch dem Schwein.« Der Krieg hatte eine gewisse Pragmatik gebracht. Lange vergessene Handwerke und Fertigkeiten tauchten wieder auf. So konnte Lars mit wachsendem Erstaunen seine Mutter sagen hören, dass das alles mit Hitler und Mussolini und Goebbels und allem, was man aus London hörte, ja doch schlimm sei, aber immerhin sei auch ein anderer Geist über die Stadt gekommen. Der Geist der alten Tage. Man war wie eine große Familie. Schloss sich enger zusammen und half sich gegenseitig. Längst aufgegebene Leute im Altersheim waren zu neuen Taten erwacht und es hieß sogar, Oberlehrer Jørgensen, der seit Jahren taub war und sich nicht einmal an seinen eigenen Namen erinnern konnte, stehe jeden Nachmittag vor dem Zeitungsgebäude, um die letzten Nachrichten vom Kriegsverlauf zu hören. Jeden Tag wurde er klarer im Kopf und er verblüffte das Pflegepersonal damit, beim Nachmittagstee vierundvierzig deutsche und fünfzehn russische Städte aufzuzählen. Doch, der Krieg hatte vielen Leben neuen Inhalt gegeben.

»Im Grunde müssten wir den Deutschen also dankbar sein«, sagte Lars zu seiner Mutter.

»Dankbar nicht, aber wir kommen nicht daran vorbei, dass sie manches in Ordnung gebracht haben, und da dürfen wir nicht klagen.«

»Es ist nicht dasselbe, einfach alles so hinzunehmen«, meinte Lars, der fand, es sei an der Zeit, das Territorium abzustecken.

Dieser Dialog fand an dem Tag statt, als sie im Keller den Frühjahrsputz veranstalteten: unter hundert Einmachgläsern, die in alphabetischer Reihenfolge dastanden. Die Speisekammer quoll über. Man musste es der Frau Pastor lassen, dass ihre organisatorischen Fähigkeiten eine größere Familie verdient gehabt hätten.

»Hast du dir je überlegt«, sagte sie daraufhin und legte neues Schrankpapier in die Regale, »dass Hitler sehr wohl gewinnen kann? Hast du dir je überlegt, dass das hier nicht notwendigerweise etwas Vorübergehendes ist, sondern dass wir mit der Zeit akzeptieren müssen, dass wir zum Großdeutschen Reich gehören, und uns danach einrichten müssen?«
Organist Rosen beteiligte sich immer am Frühjahrsputz im Keller und es war immer sehr nett, wenn er und die Mutter zweistimmig schwedische Lieder sangen. Jetzt war er hinter der Mutter aufgetaucht, die seine Anwesenheit noch nicht bemerkt hatte.
»Diesen Gedanken«, sagte er laut, aber vermutlich an sich selber gerichtet, »kann man überhaupt nicht fassen.«
Und drei Stunden später, als die Mutter den Keller verlassen hatte, um sich um den Flohmarkt im Gemeindehaus zu kümmern, konnte Lars Rosen zwischen den vielen eingemachten Beeren herumgehen und singen hören: »Wer kann segeln ohne Wind, wer rudern ohne Ruder, wer kann von der Liebsten gehn ohne dabei zu weinen?«

Er hatte sich die Häufelhacke geholt und machte Kartoffeln aus, als Gunnar über den Rasen kam. Mit seinem listigsten Gesicht. Es war zwei Tage nach der Flugplatzepisode und die Gruppe hatte sich seither noch nicht getroffen. Lars hatte jedoch das Gefühl, dass Gunnar und vor allem Søren mit einem gewissen Herrn Hvidemann einen ganzen Hühnerhof zu rupfen hatten.

»Well, well … nice to see you working«, rief Gunnar aus der Entfernung.
Lars stützte sich auf die Hacke.
Gunnar sah sich um und zog die Zeitung unter dem Hemd hervor. »Will man sehen?«
Lars lächelte. »Man will sehen.«
Kein großer Artikel, aber gut platziert. Lars las und spürte, wie sich seine Aufregung als breites Lächeln auf seinen Lippen verbreitete. »Die Bubenstreiche, die sich gegen die Deutsche Wehrmacht richten, haben jetzt einen Umfang angenommen, der bei der Polizei Besorgnis erweckt. Neben allgemeiner Sachbeschädigung und Diebstahl von Straßen- und Automobilnummernschildern ist es in der Stadt in letzter Zeit zu gröberen Verstößen gegen das Gesetz, die schon an Sabotage grenzen, gekommen. Die Polizei warnt die Täter …«
Lars unterbrach sich. Spürte, dass das Wort »Sabotage« wie ein Blitz durch seinen Leib schlug; ihn erwärmte, erregte und verbrannte. Er sah Gunnar an, der mit übertrieben unschuldiger Miene auf den Füßen hin und her wippte.
»Spinnst du, Mann!«, grinste Lars. »In der Zeitung. Wir. Verdammt, wir können ja gar nicht damit prahlen!«
Gunnar wurde ernst. Er hatte aber auch schon stundenlang die Möglichkeit gehabt, sich über den Artikel zu freuen.
»Nein, das geht wirklich nicht«, sagte er energisch. »Und im Übrigen muss ich Søren Recht geben. Von nun an müssen wir von Otto Hvidemann eine ganz, ganz andere

und feste Disziplin fordern. Die Nummer, die er da abgezogen hat …«

»Hat uns in die Zeitung gebracht.« Lars machte sich wieder über die Kartoffeln her.

Gunnar beobachtete ihn aus der Entfernung. Lars konnte hören, dass er nicht wirklich böse war.

»Zum Ausgleich hätte er uns ganz schön in die Pfanne hauen können und unser Ziel ist doch nicht, in die Zeitung zu kommen.«

»Nein? Gehört das nicht auch dazu? Den Deutschen zu erzählen, dass nicht alle Dänen zufrieden oder passiv sind? Dass wir uns zum Teufel noch mal nicht mit ihrer Anwesenheit abfinden.«

»Lars, ich weiß zufällig noch, was du draußen auf dem Flugplatz für ein Gesicht gemacht hast.«

Lars seufzte laut.

»Du bist kampfbereit«, sagte Gunnar leise. »Aber bist du auch bereit dafür zu bezahlen?«

»Wie meinst du das?«

»Ich meine, wenn die fetten Deutschen im Mannschaftsschuppen es sich nicht mit Radio und Bier gemütlich gemacht hätten, dann wären einige von uns vielleicht nicht mehr nach Hause gekommen. Wegen Otto.«

Lars warf die Hacke hin und ging ein Stück weit weg. Gunnar folgte ihm und legte ihm die Hand auf die Schulter.

»Ich werde mit ihm reden«, sagte Lars leise. »Lass mich das in Ordnung bringen, Gunnar. Otto ist … anders … impulsiv.«

Gunnar grinste breit. »Reines Dynamit …«

Beide lachten.
»... und dass der Junge ganz allein zehn Liter Petroleum mitgeschleppt hatte ...«
Lars sah seinen großen Bruder an und empfand plötzlich einen absurden Beschützerdrang. Gunnar durfte nichts passieren. Das musste mit allen erdenklichen Mitteln verhindert werden. Auf seinem Engelshaupt durfte kein Haar gekrümmt werden.
»Das Schlimmste«, fuhr Gunnar ernst fort, »ist das Adrenalin, das sich in unserem Blut bildet.«
Lars blickte auf. »Das Adrenalin?«
»Hast du das nicht gespürt? Als du nach Hause gekommen bist?« Gunnar sah träumend in die Luft. »Das Blut sprudelte wie ein norwegischer Fluss. Spannung, Leben ...«
Lars nickte. Genau so war es. Aber das von Gunnar zu hören!
»Wie Otto in der Brauerei an den Sirenen gezogen hat ... das werde ich nie vergessen ...«
Gunnar lächelte.
»Ich wusste, dass ihr das wart, und ich hatte am ganzen Körper Gänsehaut. Ich habe gestern mit Luffe gesprochen. Er hatte kein Auge zugemacht. Er experimentiert mit etwas Neuem. Und war gestern in der Gemeindebibliothek und da ist er auf den Antennenwels gestoßen, du weißt schon, diesen Gestapomann. Diese magere, unangenehme Ratte. Aber Luffe«, Gunnar lächelte breit, »der hatte einfach nur die Schwachsinnsbaracke in den Flammen verschwinden sehen, als die Sirenen losheulten. Er hatte auf dem ganzen Heimweg gegrinst.«

Lars konnte sich das vorstellen. Aber seltsam ... auch ihm war ja in der Bücherei der Gestapomann begegnet. Vielleicht war der eine richtige Leseratte?
Gunnar putzte sich die Nase. »Okay, Lars«, sagte er. »Wir sehen uns morgen, ich muss jetzt los, ich geh mit der Schwiegerfamilie auf Tantenbesuch. Nett, was?«
Lars nickte und hob seine Hacke wieder auf.

Was in der Stadt als »Baracken« bezeichnet wurde, waren zehn längliche Arbeiterhäuser, die gegen Ende des letzten Jahrhunderts hinter der Ziegelei errichtet worden waren. In der Regel gab es immer recht viele Männer, Arbeitslose, die an den Haustüren oder den Straßenecken, wo die Kinder spielten, saßen oder standen. Mitten im Sommer hagelte es nicht gerade Arbeitsangebote, falls man nichts als Tagelöhner finden konnte. Die meisten mit fester Arbeit waren entweder in der Ziegelei oder in der Brauerei angestellt.
Lars stellte sein Rad vor Nummer 18 ab. Er war bisher erst einmal hier draußen gewesen, nur um zu sehen, wie es hier aussah. Er blieb einen Moment lang stehen und beobachtete ein kleines Mädchen, das mit einer Tasse voller Seifenwasser herumlief, und er verfolgte ihr Spiel mit den großen Seifenblasen, als die Haustür hinter ihm geöffnet wurde.
Die Frau war Mitte dreißig, war elegant gekleidet, auf natürliche Weise hübsch. Sah aus wie ein Modell aus einer Modezeitschrift, mehr durch ihre Haltung als durch ihre Kleidung. Sie war stark geschminkt ohne billig zu wirken.

»Suchen Sie irgendjemanden?« Sie lächelte ihn knapp an, auf eine Weise, die er später als ›kultiviert‹ bezeichnete.
»Ja«, sagte er. »Hier soll ein Otto Hvidemann wohnen.«
Ihre Miene war plötzlich nicht mehr so freundlich. Eine Spur wachsam. Aber sie lächelte immer noch, als sie sagte: »Otto, ja ... das ist mein Sohn.«
Lars trat unwillkürlich einen Schritt zurück. Wenn er sich Ottos Mutter überhaupt vorgestellt hatte, dann jedenfalls nicht so. Sie sah überhaupt nicht aus wie eine Mutter.
Er stellte sich vor und sah, wie sie ihre scharf gezeichneten Augenbrauen ganz leicht hob. »Balstrup, ich wusste gar nicht, dass Otto so feine Freunde hat.«
Vielleicht lag eine haarfeine Ironie in diesen Worten. Oder war es einfach ein Stil, den sie sich zugelegt hatte? Ein Schutz, der ihren Mund ganz leicht stramm und ihren Blick eine Spur hart werden ließ. »Otto ist unten am Fjord, zusammen mit seinen Schwestern.« Wieder lächelte sie, ging zur Straße, drehte sich routinemäßig um und musterte ihre Waden, um festzustellen, ob die Strümpfe richtig saßen. Das taten sie, schnurgerade. Bald darauf war sie verschwunden.
Es war am späten Nachmittag. Und Mittsommer in Dänemark. Spiegelglatt lag der Fjord da. Blau wie der Spiegel des Himmels. Stille überall. Als ob Mutter Natur ein Nickerchen machte. Otto Hvidemann ging in einiger Entfernung durch das seichte Wasser. In kurzem Unterhemd und Badehose. Er zog ein flaches Boot hinter sich her. Im Boot saßen seine beiden Schwestern, acht und

sechs Jahre alt. Sie starrten ins Wasser. Als ob sie etwas suchten. Lars konnte sich unbemerkt näher schleichen. Er hätte diesem Otto stundenlang zusehen können. Ihn in sich aufsaugen, wie ein Reisender Bilder eines fremden Landes in sich aufsaugt, das an den Abteilfenstern vorüberzieht.

Jetzt sah er, was sie machten. Sie sammelten Miesmuscheln. Die Kleinen bespritzten Otto mit Wasser, aber der setzte einfach mit seinem verlegenen, in sich gekehrten Lächeln die Suche fort.

Bald danach zog er das Boot an Land. Lars winkte ihm zu.

Otto reagierte nicht auf den Zeitungsartikel. Vielleicht war ihm so etwas egal.

Die Wohnung bestand aus zwei Zimmerchen und einer kleinen Küche. Die Klos lagen auf dem Hof. Lars versuchte so auszusehen, als ob er öfter Wohnungen betrat, in denen die Tapeten lose von der Wand hingen. Aber er konnte sehen, dass Otto seine Anwesenheit unangenehm war. Otto zog der Kleinsten trockene Kleider an.

Lars stand im Wohnzimmer und betrachtete Fotos des Vaters, der Mutter und einiger Männer, die er nicht kannte. Im Regal über dem Tisch lagen drei Stangen englische Zigaretten. Neben einer Flasche Cognac.

Das ältere Mädchen kam zu ihm. Sie hieß Kylle.

»Wir haben heute Waschtag«, sagte sie und lutschte an einem Stück Kandis. »Otto wäscht unsere Kleider.«

Otto tauchte mit der Kleinsten auf dem Arm in der Türöffnung auf. Sie hatten Ähnlichkeit miteinander, denselben verletzlichen, leicht abwartenden Ausdruck. Ganz anders als die Mutter. Aber vielleicht hatte auch sie einmal so ausgesehen.

»Ja, ich wollte dir bloß den Artikel zeigen«, lächelte Lars.

Otto jagte die Kleinen aus der Wohnung. »Sucht Monty«, sagte er und sah Lars an. »Das ist der Hahn der Nachbarn.«

Kylle erinnerte Otto daran, dass Waschtag war. Otto nickte und schloss die Tür. Lars wusste nicht so recht, wie er anfangen sollte. Auf neutralem Boden wäre es leichter gewesen.

»Ja, siehst du ... Otto, Gunnar hat gesagt, wir müssten nächstes Mal ... verabreden, du weißt schon, was wir machen ...«

»Ja?«

Lars lächelte.

»Wir hatten im Grunde ja nicht ausgemacht, dass wir die ganze Bude abbrennen wollten, oder?«

Otto wandte den Blick ab. Vielleicht, dachte Lars, weiß er sehr gut, wovon ich rede. Nur macht er eben, was er will.

Lars sagte: »Diesmal ist es ja gut gegangen, aber ... äh ...«

Otto blickte immer noch einen fernen Punkt an, als er sagte: »Wir hätten die andere Baracke nehmen sollen. Die große.«

Lars starrte ihn verständnislos an. »Aber da saßen doch haufenweise Deutsche drin!«

Jetzt sah Otto ihn direkt an. Mit seinem üblichen verletzlichen Ausdruck, in dem aber doch noch etwas anderes lag.

Lars räusperte sich. Verwirrt. Was in aller Welt meinte Otto denn bloß? Die andere Baracke. Hätte er alle diese Menschen abfackeln wollen? Alle, die da saßen und Benny Goodman hörten?
»Aber Otto«, sagte er schließlich. »Ja, du erinnerst dich doch an unser Treffen, oder?«
Otto nickte. Lars öffnete die Tür und ging hinaus. Irgendetwas lag in der Luft, in der Wohnung, das ihm schlecht bekam. Nicht dass es dort schlecht gerochen hätte, das war nicht der Fall. Es gab auch genug Sauerstoff. Es war eher eine Schwere, für die er keine Worte fand.
Er schloss gerade sein Fahrrad auf, als Otto aus dem Haus kam. Mit einer braunen Papiertüte.
»Ich dachte, ihr wolltet vielleicht ein paar Muscheln …«
Lars sah erst die Tüte an, dann Otto.
»Danke«, sagte er und nahm die Tüte. »Tausend Dank … Otto.«

8. Kapitel

Die deutsche Militärkapelle marschierte in der Regel von der Østergade über die Algade zur Jernbanegade und wieder zurück. Und obwohl das an sich ja recht friedlich war, so galt es den meisten doch als eine weitere Machtdemonstration, als lärmende Erinnerung durch Trommeln, Pfeifen und Stiefeltrampeln, die die Stadt jeden Nachmittag hinnehmen musste.

Man konnte fast die Uhr stellen nach dem kleinen, selbstzufriedenen Tambourmajor, der vielleicht ein Textilgeschäft in einem süddeutschen Dorf verlassen hatte, wo er absolut null und nix gewesen war, um jetzt an der Spitze der versammelten Wehrmacht zu marschieren, wobei er noch dazu die Keule der Macht in den Händen schwang. Lars hasste dieses Theater. Einerseits weil einige seiner Landsleute die Musik offenbar gern hörten, andererseits weil sich die totale Perversität des Krieges darin manifestierte, dass die Nazifahne durch das charakteristische Waffenschild ersetzt worden war, durch den glotzenden Adler, der wie ein Altar durch die Stadt getragen wurde.

Lars und Gunnar waren aber fast dazu gezwungen worden, diesem Schauspiel beizuwohnen. Der schriftlichen Nachricht zufolge sollten sie um Punkt vier Uhr vor dem deutschen Hauptquartier stehen, wo der Kommandant und die drei Unteroffiziere die Hacken aneinander schlagen würden, sowie der dicke Textilhändler mit seiner Kapelle vorbeikäme.

Bei diesem Auftritt gab es immer etliche Zuschauer. Die Leute hatten vielleicht nichts anderes zu tun. Lars entdeckte Junkersen, den kurzfristig berühmten Studienrat vom Gymnasium. Junkersen stand in jovialem Gespräch mit dem Antennenwels, der immer in einem langen schwarzen Regenmantel herumlief. Junkersens Zeigefinger pendelte rhythmisch wie ein Metronom vor seinem Gesicht hin und her, ganz im Takt der Musik. Er lächelte voller Wohlbehagen und man konnte nicht ausschließen, dass sich in seiner Fantasie eine wunderbare Postkarte entfaltete, die ihn selber in schwarzen Stiefeln, schwarzer Uniform und schwarzer Schirmmütze auf der Treppe der Kommandantur zeigte. Ein entsetzlicher Anblick, bei dem sich jeder duckte. Auf die Schüler des Gymnasiums hatte Junkersens speckiger Anzug nicht ganz diesen Effekt, aber es konnte doch ein Tag kommen, wie er zu Lars sagte, der eines Tages auf dem Flur rückwärts mit ihm zusammengestoßen war und dabei gerufen hatte: »Heil Hitler, der Hund ist tot!«

Junkersen hatte ihn am Arm gepackt. »So was wollen wir nicht an dieser Schule, Lars Balstrup«, hatte er gesagt. »Ist das klar?«

Lars ließ seinen Blick vom deutschfreundlichen Lehrer weiterwandern und schlug Gunnar vor zu gehen. Aber Gunnar blieb stehen; Søren und Luffe hatten genau diesen Treffpunkt verabredet. Nun entdeckten sie Kirsten, die auf der anderen Straßenseite mit ihrem Vater, dem dicken Arzt, gegangen kam. Sie sah ungeheuer gut aus. In ihrem Kostüm und der fezartigen Kappe. Sie bekam sicher nie bereits getragene Kleidung. Ihre Haare waren hochgesteckt und die Kappe saß leicht schräg. Jetzt überquerte sie mit geschmeidigen Schritten die Straße. Lars sah sie vor sich auf dem Tennisplatz, dem roten Kies. Mit weißem Rock und braunen Knien. Ihre eleganten Schläge, Rückhand, Vorhand und Aufschlag.

»Glücksschwein«, murmelte Gunnar und verbeugte sich höflich und legte die Hände auf den Rücken, als seien sie nicht würdig einem so wunderbaren Geschöpf hingestreckt zu werden. Sie lächelte breit und meinte, es sei ja witzig, sich gerade hier zu begegnen. Dass so was Witziges passierte! Sie war gerade aus Skagen zurückgekommen. Ihre Mutter war noch dort geblieben. »Also haben Vater und ich erst mal Ruhe.« Sie lachten alle drei.

In diesem Moment dröhnte die Kapelle vorbei und Kirstens Stimme ertrank im Lärm. Der Kommandant auf der Treppe hob den Arm zum zackigen Nazigruß, als eine zwei Meter große Lappenpuppe an einem Seil vom Dach fiel und den schockierten Offizieren vor der Nase herumbaumelte. Die Puppe hatte Kopf, Arme und Beine und trug einen lachsrosa BH samt passendem Hüfthalter. Ihr Gesicht ähnelte dem von Adolf Hitler.

Langsam klang die Musik aus. Lars blickte zu Junkersen und dem Antennenwels hinüber. Der Studienrat war rot angelaufen, zornrot. Der Gestapomann mit dem frischen Gesicht dagegen ließ seinen Blick einfach nur über die auf dem Bürgersteig versammelten Dänen hinwegschweifen.

Kirsten war ganz aus ihrer Rolle als fesches Mannequin gefallen. Mit offenem Mund starrte sie ihren Papa an, den jovialen Arzt, der verbissen vor sich hin sah.

Überhaupt breitete sich unter den Besatzungstruppen eine seltene Verwirrung aus und Gunnar sagte: »Wir müssen jetzt leider gehen.« Er packte Lars am Arm und der nickte Kirsten zu, als sie rief: »Sehen wir uns bald?«

Sie stellte sich auf Zehenspitzen, was eigentlich nicht nötig war, aber in seiner Erinnerung stand sie immer unnötig auf Zehenspitzen, reckte ein wenig den Hals oder hüpfte ungeduldig auf der Stelle herum.

Er lief hinter Gunnar her, der bereits um die Ecke bog. Ich schreibe ihr, dachte Lars, ich schreibe und sage, dass das alles keinen Zweck hat. Dass sie es nicht verdient hat, mit Gerede hingehalten zu werden, abgesehen davon, dass sie ja nie viel miteinander redeten und dass er ihr nie etwas versprochen hatte. Er hatte nicht einmal sich selber etwas versprochen.
Gunnar lehnte an der Hausmauer und grinste wie ein Honigkuchenpferd. »Luffe … und Søren, so ist das richtig.«
Lars schüttelte den Kopf und lächelte matt. Konnte sich nicht richtig vom Bild von Junkersen, dem Antennenwels und der armen, sonnenbraunen Kirsten befreien.

Das Treffen begann wie immer sehr pünktlich. Auf der Tagesordnung stand nur ein Punkt: Otto Hvidemann. Vergessen war jetzt das Lachen über Sørens und Luffes ›Auftritt‹ auf der Hauptstraße, jetzt war es ernst. Alle Blicke richteten sich auf Otto, der in seinem blauschwarzen Drillich am Tischende saß und nicht so recht begriff, worauf die Anklage beruhte. Er war noch immer fasziniert von dem großen Dachboden und starrte im ganzen Raum herum.
Gunnar wiederholte seine Ermahnungen über Disziplin und die Fähigkeit, eine Abmachung einzuhalten.
»Wir müssen charakterfeste Disziplin verlangen«, sagte er.
Sie schwiegen. Lars hatte für Otto ein kleines, aufmunterndes Lächeln. Søren fragte, ob Otto Hvidemann denn gar nichts zu sagen hätte.

»Äh, doch«, murmelte Otto nach einer Denkpause. »Unten im Pumpenhaus am Hafen ... da haben die Deutschen ein Magazin. Ich hab gedacht, wenn man da reinkönnte, da gibt es Maschinenpistolen und Munition.«

Søren und Gunnar starrten ihn ungläubig an. Selbst Luffes dämliches Grinsen war wie weggeblasen. Sein Mund stand offen und an seiner Unterlippe hing ein kleiner, zögernder Speicheltropfen. Es war so still, dass man von unten das knarrende, tickende Uhrwerk und von draußen die Rufe der Schwalben hören konnte.

Gunnar wippte mit seinem Stuhl und biss in seine Meerschaumpfeife. Søren starrte Otto an, zum Zerreißen gespannt.

»Sag mal, ist hier der Irrsinn ausgebrochen?«

Gunnar musterte seinen Freund widerwillig mit einer Miene, als ob er diese Frage weder gehört noch verstanden hätte.

»Maschinenpistolen!« Søren sprang auf, umrundete drohend Ottos Stuhl und stellte sich dahinter.

Die anderen sahen immer noch das Bild der baumelnden Lappenpuppe mit Hitlers Gesicht vor sich. Nur Otto nicht, der kaum begriffen hätte, warum.

Lars blickte auf Luffe hinunter, der vor unterdrückter Erregung bebte. Wenn er ein Hund gewesen wäre, dann hätte er jetzt mit den Hinterpfoten gescharrt.

Luffe hatte schon als Kind die Angewohnheit gehabt, in ein abgehacktes Stottern zu verfallen, wenn er sich aufregte.

Gunnar steckte gerade seine Pfeife an, als Luffe rief: »Ma...Ma... Ma...schinenpistolen!«

Søren knallte mit der Hand auf den Tisch. »Ich … ich hab jetzt genug.« Er zeigte auf Otto. »Is he in command now, Gunnar?«
Otto sah ihn verwirrt an, als Lars bemerkte, dass diese Waffen wohl kaum offen herumlagen und man einfach ins Haus gehen und sie an sich reißen konnte.
Søren rief, sie wollten verdammt noch mal keine einzige Maschinenpistole. »Hier oben muss der Irrsinn ausgebrochen sein! Was in aller Welt sollen wir denn überhaupt damit?«
Otto sah ihn treuherzig an. »Schießen«, sagte er hilfsbereit. Mit dieser Logik, die ihn und Søren immer trennen würde wie ein Ozean den einen Kontinent vom anderen.
Gunnar sah seine Pfeife an.
»Das ist … zu gefährlich«, sagte er ruhig.
»Aber, Gunnar«, begann Luffe noch einmal. »Ma… Ma… Ma…schinenpistolen?«
»Ich sage: Es ist zu gefährlich, Luffe.«
Søren schlug sich vor die Stirn, als Otto sagte: »Es ist ein Ein-Mann-Job!«
Die Worte hingen frei schwebend in der Luft wie eine Seifenblase, die sie einfach nur anstarrten. Und ehe irgendwer sie zum Platzen bringen konnte, fuhr Otto fort: »Ich hatte mir gedacht, das könnte beim Sommerfest am Fjord durchgezogen werden.«
Gunnar nahm die Pfeife aus dem Mund. »Beim Sommerfest? Ja, aber, dann ist doch … unsere Regatta …«
Otto nickte. »Und die Stadt ist ganz leer.«
Noch eine längere Pause, in der sich jeder seinen Gedan-

ken widmete. Lars beugte sich resigniert über den Tisch. »Ich finde … ich finde, das ist zu gefährlich. Ein-Mann-Job, Otto? Und wer soll für dich Wache stehen?«
»Aber eine Maschinenpi…pistole!«, keuchte Luffe.
Gunnars Blick wurde ein wenig unsicher. Søren dagegen hatte sich gefangen. »Wir könnten es auf eine demokratische Abstimmung ankommen lassen«, sagte er ruhig.
Luffes Hand fuhr wie eine Rakete in die Luft. »Für … für … ich bin für …«
Søren lächelte ihn an und hob ebenfalls die Hand.
Lars sah sie lange an, dann sagte er: »Ich bin dagegen. Ganz klar dagegen!«
Jetzt sahen sie Gunnar an, der leicht in sich zusammensackte. »Ich bin auch dagegen«, sagte er. »Es ist zu gefährlich.«
Lars liebte ihn wegen dieser Worte. Otto hob die Hand.
Luffe zeigte darauf, wie ein kleiner Junge auf einen Jahrmarktsluftballon zeigt. »Gunnar«, rief er. »Drei gegen zwei … drei gegen zwei …«
Lars starrte Otto an und zog ihn am Ärmel. »Überleg dir das noch mal, Otto«, bat er.
Aber Otto sah nicht ihn an, sondern einen Punkt, der weit von der Kirche entfernt war. Vielleicht stand er schon in dem großen, dunklen Pumpenhaus. Verfolgte seine Strategie, seinen Plan, Punkt für Punkt. Ganz ohne Verwendung von Lappenpuppen.

9. Kapitel

Am Tag vor der Regatta und dem großen Sommerfest am Fjord sagte er sich selber, dass er sich nach dem Abendessen ein bisschen herumtreiben sollte. Es war Ende Juli. Sich herumtreiben bedeutete aufs Geratewohl mit dem Fahrrad loszuziehen. Es war ein regenschwerer Abend. Die Luft war von tausend kleinen Tropfen gesättigt. Trotz der Jahreszeit lag der Schatten des wartenden Herbstes bereits unverkennbar in der Luft.

Im letzten Jahr, im September, hatte Lars am Ende des Sommers etwas Neues und Beunruhigendes entdeckt. Er hatte das Rosen gegenüber erwähnt und Rosen hatte ohne überrascht zu sein gesagt, das sei ein willkommenes Zeichen für Reife. Sprach er aus Erfahrung, eventuell aus bitterer Erfahrung? Aber wie konnte Melancholie ein Zeichen der Reife sein? Gab es für Schwermut ein Naturgesetz? Rosen behauptete, in der Melancholie liege eine große Schönheit. Die Dinge seien so klar zusammengesetzt. Und Yin und Yang seien auch an diesem Punkt eng miteinander verflochten. Lars war nicht ganz sicher, ob er das verstanden hatte, aber er spürte es in seinem Bauch wie einen Mollklang. Er ertappte sich dabei, dass er mit geschlossenen Augen dasaß, um sich einfach mitreißen zu lassen, während die Zeit verging. Einen langen, trägen Fluss hinabtreiben ... Abschied! Das Wort überkam ihn wie ein Weckruf. Er sah Bilder von Dampflokomotiven, die sich langsam in Bewegung setzen. Von ablegenden Fähren. Von winkenden Menschen. Von tränennassen Wangen. Abschied. Katastrophe. Liebeskummer.

Zufällig hatte er ihr gegenüber in einem zufälligen Luftschutzkeller gesessen, eines Tages, als Fliegeralarm die Stadt überraschte. In der Regel hatte ein Alarm keine Bedeutung, ruhig ging man die Treppe hinunter und wartete mit Anstand. Diesmal saßen dort vielleicht 20 Menschen, eine zufällige Auswahl aus der dänischen Bevölkerung, und sahen aus, als ob sie auf die Straßenbahn warteten. Und da entdeckte Lars in dem dunklen Raum Irene. Sie hatte ihre Tasche auf den Knien stehen und lächelte schwach zu ihm herüber. Das war wohl in Ordnung. Sie hatte ihn schon entdeckt, als er als Letzter, ehe die Tür geschlossen wurde, angestürzt gekommen war. Sie saßen zu weit voneinander entfernt, um ein Gespräch zu führen. Deshalb nickte Lars nur. Wenn die Stadt nun in Schutt und Asche gebombt würde? Dieser Gedanke kam ihm wie ein entsetzlicher Traum vor, der ihn trotzdem heiß und erregt werden ließ. Nur die kleine Hand voll von Überlebenden nach dem zerstörenden Bombenhagel. Sie würden zusammen trauern. Aber die Trauer, und den ganzen Herbst, würde noch ein anderes Gefühl durchziehen. Sie sahen sich an. Lars war froh darüber, dass sie nicht miteinander reden konnten. Das machte alles so viel leichter. Er wusste nie, was er zu ihr sagen sollte. Also drehte er nur seine Handfläche nach oben. Sie lächelte. Süß und leicht neckisch. Als ob sie sagen wollte, jetzt hör aber auf mit diesem Schicksalsgefasel.

Eine Minute später kam die Entwarnung. Auf dem Weg nach oben sagte sie: »Herr Balstrup, der große Wahrsager.« Mit tiefer Stimme.
»Ja«, seufzte er. »Es ist schon ein Kreuz, in die Zukunft sehen zu können.«
Sie lachte nachsichtig, wurde dann aber gleich ernst. Er nahm ihre Hand und drehte sie um. Mitten auf der Algade. Während die restliche Stadt in Trümmern liegt. Gelb treiben die Rauchschwaden zwischen den Mauerbrocken. In der Ferne ist eine Sirene zu hören. Weit draußen ragt eine riesige Rauchsäule in den Himmel. Der Himmel ist blutrot. Es riecht ganz unverkennbar nach Muckefuck.
»Kannst du was sehen, du Dussel?«
Er seufzte. Ihre Hand war so warm und trocken. Etwas größer als erwartet. Sie standen so dicht beieinander, dass ihre Stirnen fast zusammenstießen. Eigentlich war das wohl nicht nötig. Er folgte mit der Zeigefingerspitze den Linien in ihrer Hand. Der Schicksalslinie. Ihre Knie stießen aneinander. Eine kurze elektrische Berührung. Unter der Gürtellinie. Ich bleibe hier, dachte er, bleibe hier, bis sie mich holen kommen. Bis wir verkalken, versteinern und vom Meer der Zeit fortgespült werden. In tausend Jahren sammelt ein kleiner Junge uns auf. Er steht in Argentinien am Strand und betrachtet das verschmolzene Fossil. Zwei Menschen, ein Schicksal.

Er überquerte den Marktplatz und fuhr durch ein Wohnviertel, wo die Amseln nach dem Regen sehr beschäftigt waren. »Morgen«, murmelte er. »Morgen. Ich schlafe heute Nacht nicht, ich will warten und den Tag kommen sehen. Will ihm ins Auge blicken.«

»Nervös, Bruderherz?« Gunnars liebes Engelsgesicht, als er den Mittagstisch abräumte. »Kümmer du dich bloß um deine kleine Ruderpinne, dann werden wir anderen diesen Flachlandbauern schon davonsegeln.«

Der Vater geht ins Wohnzimmer und schaltet das Radio ein. Es ist wieder Zeit für BBC London.

Danach flüstert die Stimme in Lars, als er viel zu früh, noch vor dem Tee, von zu Hause weggeht. Danach, wenn der Pokal verliehen ist, wird Gunnar seine Nächsten um sich versammeln. Die Klassenkameraden, Søren und Luffe und auch die Eltern. Er wird auf einen Stuhl steigen. Er wird einen dicken Strich unter den Tag ziehen, einen Schnittpunkt im Herbstwetter. Eine Proklamation aus Silber. Die Dunkelheit hat sich über den Fjord gesenkt. Nicht weit von hier, auf dem anderen Ufer, geht eine kleine, einsame Gestalt in das große, gut bewachte Pumpenhaus. Das Schicksal, das Schicksal …

Er bog nach links ab. Zum Teufel, Otto, zum Teufel mit allem. Plötzlich sah er sie. Sie hatte ihm den Rücken gekehrt und wartete auf Winston, den Terrier der Familie, der gerade an einem Laternenpfahl sein Bein hob.

Vor genau einem Monat, kurz vor dem Johannistag, war er ihr an genau derselben Stelle begegnet. Ganz, ganz zufällig. Er hatte sich im Sattel erhoben, aus allen Kräften getreten und hatte sie mit einem »… Tag!« passiert und war dann verschwunden gewesen. Aber was hatte er sich denn vorgestellt? In der Nachbarschaft zu stehen und wie ein Spanner zu glotzen? Genau, ja!

»Ja, du meine Güte!« Sie blickte auf. Und lächelte. Und Lars fuhr ruhig näher an sie heran. Na los, sagte er zu sich selber, spuck deine Lüge schon aus, Alter.

»Ja, ich wollte bloß grüßen … von Gunnar, er konnte nicht selber kommen. Ja, es ist wegen morgen, er möchte sich mit dir am verabredeten Ort treffen.«

Dieser Unfug hing zwischen ihnen wie eine deformierte Girlande.

Sie runzelte die Stirn, ihre Augenbrauen waren breit und dunkel. Nicht scharf und gezupft.

»Wirklich? Das ist alles? Und deshalb bist du den weiten Weg gekommen?«

»Eigentlich nicht, ich will noch weiter zu Luffe, ihm einen … Drehbleistift bringen.«

Das läuft ja wirklich gut, sagte der kleine geschäftige Mann in seinem Hinterkopf. Drehbleistift, aha …

Sie sah ihren Hund an.

»Luffe? Aber der wohnt doch am anderen Ende der Stadt.«

»Stimmt, aber er besucht einen Kumpel hier in der Nähe.«

Idiot. Idiot. Idiot. Lieb von ihr nicht zu lachen.

»Bist du nervös wegen morgen?«

Er sah sie voll an.

»Ich? Nein, keine Spur, wir gewinnen doch.«

Sie lachte zweifelnd.

»Und du?« Er schaffte es, das leichthin zu sagen.

»Ich? Nein, ich muss doch nicht rudern.«

Lars sah mit falschem Lächeln in die Luft.
»Nein, aber Gunnar hat es doch … erzählt. Schon lange.« Er zeigte viel sagend auf seinen Ringfinger.
Plötzlich wandte sie den Blick ab. Als ob sie jemand geschlagen hätte. Der Wind erfasste ihre Haare. Dann schaute sie auf. Und sah ihn direkt an. Aber sie sagte nichts. Sah ihn nur an. Herbst.
Eine halbe Stunde später war er zu Hause. Saß in seinem Zimmer und starrte seinen Globus an. Im Wohnzimmer sang der Vater: »Schwester Sonne …«
Ich hätte doch irgendetwas sagen können. Aber Lars hatte nur ihren kleinen Foxterrier angestarrt, der aus irgendeinem Grunde ebenfalls geschwiegen hatte. Und als er um die Ecke bog, stand sie noch immer bewegungslos da. Oder schielte sie hinter ihm her?

10. Kapitel

Auf der flachen Landzunge, die wirklich wie eine Zunge in den Fjord hineinreichte, und an den Hängen zum Wasser hatten sich an die tausend Menschen versammelt. Die dänische Fahne wehte und sie hatten gerade das erste gemeinsame Lied beendet. Jetzt stimmte der Mädchenchor in seinen rot-weißen Kleidern das letzte Lied vor der Regatta an. Die hellen Stimmen schwebten klar über dem Wasser, hoben sich mit dem Wind und setzten sich auf dem Land ab und ließen die große Versammlung horchen und jedes Wort verstehen.

Ach, weltlich Gnad und Gunst,
bist nur ein rasch geschwundner Dunst,
den Winde hierhin, dorthin wehen,
hast tausend Augen, kannst nicht sehen,
bist vor der Wahrheit Lauterkeit
nur Eitelkeit, nur Eitelkeit.

Lars stand zusammen mit Søren, der aus voller Kehle mitsang. Die Worte, der tausendstimmige Chor und die schöne Umgebung verliehen der Melodie große Kraft. Lodernde Flammen und Trotz. Lars blickte auf zu Søren, der ein weißes Hemd und einen blauen Schlips trug. Seine Augen leuchteten. Gunnar hatte so oft gesagt: »Søren ist mein bester Freund, er ist vor allem jemand, auf den man sich verlassen kann.« Danach gingen sie zu den anderen hinunter, die das Boot bereitmachten.

Philip Rosen hatte morgens einen Brief bekommen. Aus Deutschland, hatte die Mutter gesagt. Und Rosen war nicht zum Fest gekommen. Das an sich war schon Besorgnis erregend. Lars hatte nicht bei dem Organisten, der seine Tür verschlossen hatte, vorbeischauen können.

Unten am Wasser redeten sie über Wind und Strömung. Ein Klassenkamerad von Gunnar, Åge, hatte die Konkurrenz aufgesucht und dort erfahren, dass sie zwei Neue hatten.

»Das ist unsere Chance«, meinte Åge optimistisch.

»Die bluffen«, schimpfte Gunnar. »Die zwei Neuen sind vom Ruderklub KVIK. Die rudern wie die Wikinger. Wir dürfen uns nicht eine einzige Sekunde gehen lassen. Und vergesst nicht, wir haben dem Rektor unser Wort gegeben.«

Gunnar war wie immer eine große Inspiration. Jetzt schien er sich kurz vor einem Wutausbruch zu befinden. Er hackte auf den anderen herum.
Lars ging ins Klubhaus, wo Søren sich bereits umzog. Sie sahen einander ernst an.
»Tut mir Leid für deinen Bruder«, sagte Søren dann.
Lars beobachtete, wie er seine Kleider ordentlich aufstapelte.
Draußen waren neue Leute gekommen, die dem Stolz der Stadt Glück wünschen wollten.
»Wie meinst du das? Was tut dir Leid?«
Søren kam zu Lars herüber und sprach mit seltener Vertraulichkeit. »Neulich hat er mir zwei Silberringe gezeigt, die er gekauft hatte. Weißt du, für sich und Irene …«
Lars kehrte ihm die Seite zu und zog sich das Hemd über den Kopf.
»Sie wollten es nach der Regatta bekannt geben … aber jetzt …«
»Was … jetzt?«, fragte Lars und fühlte sich gleichzeitig heiß und kalt.
Søren seufzte und kämmte sich vor dem Spiegel.
»Jetzt will Irene plötzlich warten … und da steht Gunnar nun …«
Lars ging zur Tür und musterte die Hand, die die Klinke hinunterdrückte. Judas, sagte der kleine Mann in seinem Hinterkopf.

Die Bahn war so angelegt, dass das Finish im Hafenbecken stattfand. Die Leute, die am Sommerfest teilgenommen hatten, waren schon längst am Ufer entlang

in Richtung Stadt spaziert. Die meisten hatten Butterbrote mitgebracht, sie genossen das schöne Wetter und die willkommene Ablenkung. Überall wehte die dänische Fahne. Kein Mast ohne seine Flagge!
Inzwischen machten die Ruderer sich bereit. Sie reckten sich und wärmten sich auf. Lars, als Steuermann, rief den acht Ruderern immer einen selbst verfassten Vers zu. Einen Juxvers, der nie seine Wirkung verfehlte. Aber als das Boot ins Wasser gelassen worden war, kam Gunnar zu ihm und legte ihm den Arm um die Schultern.
»Lars«, sagte er leise. »Heute sage ich, was zu sagen ist.«
»Aber hast du dazu genug Luft?«
»Das garantiere ich.«
Gunnar betrachtete nachdenklich seine Hände.
»Verdammt«, murmelte er. »Ich hatte ... mich so auf heute gefreut.«
Lars räusperte sich und wandte den Blick ab.
»... erst das mit Rosen und dann ... ja, du weißt ja, wir wollten uns heute verloben.«
Lars nickte und murmelte irgendetwas Sinnloses und Unzusammenhängendes.
»Und jetzt sagt sie plötzlich, es wäre noch zu früh. Nach fast zwei Jahren.«
Gunnar blickte aufs Wasser. Lars legte ihm die flache Hand auf den Rücken. Es gab doch sehr viel, wovon Engel keine Ahnung hatten. Die Frage war, was sie überhaupt hier auf Erden zu suchen hatten. Zwischen Schwindlern und Lügnern.

Gunnar blickte sofort auf. »Aber«, sagte er fest, »jetzt sollen die Flachlandbauern eine Lehre einstecken ...«
Als Lars ihn zu den anderen gehen sah, schwor er sich selber, dass er Irenes Wohnviertel zum letzten Mal durchfahren hatte.
Der Startschuss war gefallen und gleich ging es hoch her. Die beiden Achter lagen Seite an Seite; schon jetzt war allen klar, dass es ein heißes Rennen geben würde. Im Boot der Konkurrenten schrie der Steuermann dermaßen, dass seine Lippen ganz weiß wurden. Lars sagte kein Wort und kümmerte sich nur um sein Ruder. Aber als sie die erste Boje umrundeten, hatten sie eine halbe Länge verloren.
»Gunnar«, rief Søren, »Gunnar, die kriegen Vorsprung, Mann.«
»Schnellerer Rhythmus, dieselben Ruderschläge«, rief Gunnar zurück.
Die anderen steigerten sofort das Tempo auf mehr Ruderschläge pro Minute. Der Wechsel ging unmerklich wie bei einem Sportwagen, der sein Tempo gleichmäßig immer weiter hochdreht.
Lars konnte bald darauf den Hafen sehen, über dem langsam die Dämmerung fiel. Am Kai waren die Menschen zusammengeströmt, als Gunnar rief: »Und jetzt ist's so weit, Jungs! Was machen wir mit Göring? Was machen wir?«, schrie er.
Lars kannte ihre kurzfristig getroffene Abmachung nicht, aber sie schrien wie aus einem Munde mit heiser schnarrender Stimme:

»Erst nehmen wir uns Göring
an seinem fetten Bein.
Dann nehmen wir uns Goebbels
und schlagen ihn mit einem Stein.«

Bald lagen die beiden Boote Seite an Seite. Die Konkurrenten hatten diesen Spurt gesehen und legten sich verzweifelt in die Riemen.

»Hitler wird dann aufgehängt
und Ribbentrop kriegt nichts geschenkt.
Dann werden sie zum Lachen sein,
die vier alten Nazischwein'!«

Im Finish wurden die absolut letzten Reserven aufgeboten. Gunnar stieß die letzte Luft aus: »Noch einmal für Dänemark!«

Ihr rhythmischer Spruch war jetzt auch am Land zu hören, wo verstreuter Applaus erklang. Gunnar hatte Tränen in den Augen.

Wie ein Berserker riss er die anderen mit in einem Rennen, das völlig außer Kontrolle geraten war. Das Boot wippte, die Ruderer fingen Krebse, der Rhythmus der Ruderschläge war verschwunden, aber der Spruch und die Worte und ihr gemeinsamer Wille schoben sie eine halbe Bootslänge vor ihre erstarrten Konkurrenten, und als sie die Ziellinie passierten, hatte Gunnars Boot sogar eine ganze Länge Vorsprung. Der Jubel kannte keine Grenzen. Die Leute warfen ihre Strohhüte in die Luft. Lars starrte die total erschöpften Ruderer an, denen Schmerz, Adrenalin und Wahnsinn immer noch wie stramme Masken im Gesicht saßen. Einige weinten.

Gunnar wusch sein Gesicht im Fjordwasser und winkte der Familie zu. Er sah Lars mit einem kleinen, leicht zitternden Lächeln an.
»Fantastisch«, flüsterte Lars. »Fantastisch, Gunnar. Gratuliere.«

Eine Stunde später, als es ganz dunkel geworden war, saßen sie an den langsam verlöschenden Feuern auf dem linken Ufer. Einige Hundert Menschen. Zumeist junge. Die Mädchen sangen: »Das dänische Lied ist ein junges blondes Mädchen und geht und summt im dänischen Haus.«
Irene saß zwischen Gunnar und Gunnars Mutter, die mit einem glücklichen Lächeln mitsang.
Luffe krabbelte zu Lars hinüber. Er hatte Mullbinden um seine Hände gewickelt.
»Was glaubst du, wie das geht«, fragte er leise und blickte verstohlen zum anderen Ufer hinüber. »Meinst du, er ist noch da?«
Lars sah die düsteren Lagerhäuser an, die jetzt eine massive Silhouette bildeten.
Eine Stunde später waren kaum noch zwanzig Menschen übrig. Jetzt war es ganz dunkel. Nur die, die ganz dicht am Feuer saßen, konnten die anderen sehen. Die Familie Balstrup war schon längst nach Hause gegangen. Der Vater mit leicht abwesender Miene. Aber die Mutter hatte Lars und Gunnar auf die Stirn geküsst und gesagt: »Amüsiert euch jetzt gut, Jungs. Wir gehen nach Hause und kümmern uns um unseren kleinen Organisten.«
Es gab nichts auf dieser Welt, was nach ihrer Erfahrung

nicht mit einem Pflaster, etwas Jod, einer Tasse Kamillentee oder einer guten Nachtruhe repariert werden konnte. Nichts.

Die meisten fröstelten jetzt in der kühlen Nacht, als ein gedehntes, heiseres Tuten über Hafen und Fjord erscholl.

Lars ging es durch Mark und Bein und er sah, wie Luffe sich glücklich rückwärts rollte und dabei mit beiden Händen das V-Zeichen machte.

Gunnar dagegen starrte verbissen das gegenüberliegende Ufer an. Seine schönen Engelsflügel waren in der Dunkelheit unsichtbar oder vielleicht hatte er sie auch auf dem Wasser verloren.

Lars stand auf und ging allein durch die Dunkelheit. Kirsten war früher da gewesen, aber das interessierte ihn nicht. Er mochte nicht einmal so tun, als ob. Sie war eine Plage. Das war traurig, aber es war nun einmal so. Alle diese schönen Lieder, die Lagerfeuerstimmung. All ihr dänischer Eifer. Er wusste nicht, woher seine Aggression stammte. Die ganze Zeit sah er vor sich das ruhige Bild von Otto, der seine Schwestern im flachen Beiboot hinter sich herzieht, auf der Suche nach dem Mittagessen. Durch dasselbe Wasser, in dem die beiden Achter bis aufs Blut gekämpft hatten, um Pokal, Stolz und Ehre.

Erst nach Mitternacht ging Lars ins Bett. Er war müde, konnte aber trotzdem nicht zur Ruhe kommen. Lag lange wach und warf sich herum, glaubte, irgendwo im Haus leise Musik zu hören. »Meine Ohren fantasieren«, murmelte er, zog aber kurz darauf seinen Bademantel an und öffnete die Tür zum Flur, vorbei an der Spülküche, dem Esszimmer und dem Herrenzimmer bis zu der kleinen Diele, die Rosens Eingang bildete. Die Musik war geradezu schrill, klang wie Geige und ein Saiteninstrument. Richtig chinesisch. Er zögerte kurz, dann klopfte er vorsichtig an. Keine Antwort.

»Rosen«, rief er. »Ich bin's, Lars …«

Nach einem Augenblick wurde die Tür geöffnet. Der Organist sah Lars nicht an, setzte sich nur in seinen Sessel und starrte ins Leere. Er hielt ein Glas in der Hand. Ob er wohl Rotwein trank?

Lars schloss hinter sich die Tür und entdeckte sofort, dass die kleinen Aquarelle verschwunden waren. Er ließ seinen Blick zu Rosen wandern, der ihn mit verschleiertem, unzurechnungsfähigem Blick musterte.

»Weg«, sagte er. »Alles ist weg. Und dann … sitzt man einfach hier.«

Lars setzte sich vor ihm auf den Boden.

»Aber … an sich ist das ja nichts Besonderes«, fuhr Rosen fort. »Nichts … Aufsehen Erregendes.«

Seine Resignation wirkte nicht echt. Sondern mühsam erkämpft. Philip Rosen klammerte sich an einen Lebensstil und an eine Philosophie, die dünner und durchsichtiger wirkte denn je.

»Gibt es etwas, worüber Sie sprechen möchten, Rosen?«

»Sprechen? Aber wir sprechen doch darüber, oder vielleicht nicht? Obwohl es nichts dazu zu sagen gibt. Es ist einfach nur so. Verstehst du, Lars … ich hab doch … das hier bekommen … mit der Post.«

Rosen hatte ihn in der Tasche seiner Hausjacke. Den Judenstern.

»Man kann ihn ja … selber benutzen … als Andenken.«
»Nina«, flüsterte Lars tonlos.
Rosen gab keine Antwort, wandte den Blick ab.
»Sie nennen es … Arbeitslager. Einige liegen in Polen, andere in der Tschechoslowakei. Bubi … der Jüngste … ist gerade acht geworden. Und jetzt muss auch er … die gestreifte Kleidung tragen und … entlaust werden … und geschoren … genau wie meine … Nina. Wärst du so nett mich allein zu lassen, Lars?«
Als er die Tür zum Zimmer des Organisten hinter sich zumachte, wurde die Musik lauter gestellt. Lars spürte irgendein Beben. Der Putz sollte sich lockern, Stein weich werden, Dachsparren einstürzen.
Nichts sollte übrig bleiben. Gar nichts! Nicht einmal Verständnis. Übrig nur das schwarze Loch, das unfruchtbare Nichts, in dem wir hängen, schwerelos, unfähig … Wand, Dach oder Boden zu erreichen. In diesem Vakuum werden wir lernen zu akzeptieren, zu tolerieren und mit dem Fuß zu wippen, wenn die Wehrmacht nachmittags durch die Stadt marschiert. Blinde Augen und taube Ohren, wenn sie in der Kirche die Hacken zusammenschlagen und ihre Befehle verkünden, tun, was ihnen beliebt. Und wir werden geduldig sein und Großmut zeigen und dann können wir, als gute Christen, als besetztes Volk, hinter die Uniform blicken, den Menschen sehen, den Textilhändler, den Landvermesserlehrling und den Pastorensohn.
Er drehte seinen Globus auf dem Schreibtisch, immer wieder. Mit Kontinenten, Ozeanen und Regimen. Lebensraum hieß das.

Jetzt marschierten sie überall. El-Alamein, Nordafrika, im Kaukasus, zwei Millionen deutsche Soldaten, Bomben über Island. Über allem.

»Schläfst du, Otto Hvidemann?«, flüsterte er. »Oder bist du gerade wach geworden?« Er stand eine Weile da und betrachtete sein Bett. Dann ging er über den Flur zu Gunnars Zimmer. Klopfte dreimal und öffnete die Tür. Das Bett war leer. Es war halb drei.

Er holte seine Schuhe und ging langsam, aber zielbewusst zum Tor hinüber. Die tausend Stufen hoch, rund und rund. Er sah Licht im Glockenturm. Er ging vorsichtig näher, obwohl seine Anwesenheit schon längst von den alten Stufen, den morschen Brettern und dem porösen Geländer verraten worden war.

Der große Dachboden wurde von drei Leuchtern erhellt. Am Ende des schweren Eichentisches saß Gunnar. Voll angezogen. Mitten auf dem Tisch stand der Pokal. Lars setzte sich ans andere Tischende.

Gunnar sah ihn nicht an und veränderte auch seine Haltung nicht. Sind wir denn diese Nacht alle verhext?, fragte sich Lars und fröstelte. Nach kurzer Zeit blickte Gunnar auf, was offenbar große Energie von ihm verlangte. Aber sein Blick war ruhig und gelassen. Er nickte, als ob sie schon stundenlang miteinander gesprochen hätten. Quer durch die meterdicken Quader des Pfarrhauses.

»Ja«, stöhnte er, »da ist also … der Pokal.«

Lars sagte: »Rosen hat einen Brief bekommen.«

Gunnar nickte schwer.

»Über seine Freundin in Hildesheim«, fuhr Lars fort.

»Sie haben … sie und ihre Familie geholt«, sagte Gunnar. »Theresienstadt … in der Tschechoslowakei. Lastwagen, massenhaft Lastwagen, voller Menschen.«

Lars betrachtete die Maserungen des alten Tisches. Auch der stammte vom Großvater in Viborg, vom Pfeifen rauchenden Bischof. Schon längst tot und begraben. Es hieß immer, er liege jetzt Seite an Seite mit dem Dichter Steen Steensen Blicher. Was konnte er noch mehr verlangen?

»Begreifst du davon irgendwas?«, fragte er Gunnar, der die Beine auf den Tisch legte. Gunnar sah müde aus, trotz des Pokals wirkte er wie ein geschlagener Mann.

»Luffe«, sagte er, »hat gesagt, dass der Güterverkehr im September umgelegt wird. Sein Vater arbeitet bei der Eisenbahn …«

»Hat das etwas mit uns … oder der Stadt … oder Rosen zu tun?«

Lars versuchte Augenkontakt zu dem fremden Gunnar zu bekommen.

»Wegen der Luftbrücke nach Norwegen … wird mehr Militär kommen, schwere Artillerie, Wagenladungen mit Material. Später im Jahr, im Winter, wird der Güterverkehr dann noch weiter umgelegt … für einen besonderen Transport. Fredericia soll der Bahnknotenpunkt werden. Ein langer, langer Zug mit Panzern, Flak … so was. Wie gesagt, sie fangen schon im September an. Das Depot soll versiegelt werden, irgendwas in dem Stil. Es wird Güterwagen geben … voller Sprengstoff.«

»Sprengstoff?«, wiederholte Lars flüsternd.

Gunnar nickte. »Soviel wir wissen …«

Erst jetzt entdeckte Lars die beiden Silberringe, die unter dem fünfarmigen Leuchter lagen.
»Soll ich das so verstehen«, sagte Lars, »dass jetzt Schluss ist mit … Feldmützen und Nummernschildern, Lappenpuppen und Plakaten?«
»Verstehen«, wiederholte Gunnar. »Da gibt's ja wohl nichts zu verstehen.«
»Aber hast du Søren das alles schon erzählt?«
»Ich habe es niemandem erzählt, ich … stelle nur fest.«
Gunnar stand auf und ging langsam in die Ecke, wo zwei alte Altarschemel und eine Bauernkommode standen. Er zog die oberste Schublade heraus und sah Lars an, der zu ihm hinübertrat. In der Schublade lagen eine teilweise montierte Maschinenpistole und ein Gewehr mit Zielfernrohr.
»Otto«, flüsterte Lars. »Otto war hier.«
Gunnar nickte und schloss die Schublade.
»Ja«, sagte er ruhig. »Otto war hier.«

11. Kapitel

Herbst 1942

Lars wartete vor der Ziegelei auf Otto. Wie schon so oft kam Otto allein und schob dabei sein schwerfälliges Fahrrad. Er freute sich Lars zu sehen. Sie gingen zu Otto nach Hause, wo Waschtag war. Die Mutter war selten zu Hause. Lars hatte sich einmal erkundigt, wo sie arbeitete, hatte aber begriffen, dass Otto nicht gern darüber redete. Es war nicht leicht gewesen, ihm zu erklären, dass die Gruppe sich für eine Weile ruhig halten musste. Die Anwesenheit der Gestapo wurde immer sichtbarer. Vielleicht war es ein Zufall. Vielleicht hing es mit den Arbeiten für die Luftbrücke zusammen. Lars war zweimal in der Bibliothek auf den Antennenwels gestoßen. Er wusste jetzt, was der Mann machte. Er studierte Familiengeschichten, und er war sogar ins Pfarrbüro gekommen, um Kirchenbücher auszuleihen. Aus den Zeitungen wussten sie, dass aus dem Sekretariat der mosaischen Gemeinde wichtige Papiere entfernt worden waren. Die Deutschen wollten eine Liste über in Dänemark lebende Juden, um deren eventuelle Verbindungen zu Saboteuren feststellen zu können. Gerüchte über eine große Judenrazzia hatten sich bestätigt. Und jetzt rührte man sich also auch in der Provinz. Lars' Vater hatte mehrmals angedeutet, dass Rosen sich eine Zeit lang lieber im neutralen Schweden aufhalten sollte. Aber bisher hatte er tauben Ohren gepredigt. Der Organist machte wie immer seine Arbeit. Saß in allen Gottesdiensten und beobachtete, wie die Deutschen in der Kirche Platz nahmen. Man wartete. Wie in einer Schachpartie rückten sie die Figuren immer näher, Feld um Feld. Aber Philip Rosen ließ seinen König an Ort und Stelle, obwohl die Bedrohung immer stärker wurde. Und in diesem Spiel gab es kein Remis.

Im August hatte die Gruppe ihre wöchentlichen Treffen abgehalten. Immer führte dabei Gunnar das Wort, Gunnar und Luffe. Otto schwieg, ihm war streng befohlen worden nichts auf eigene Faust zu unternehmen. Der vorsichtige Søren war zufrieden damit, dass die Gruppe von St. Petri zu ihrer ursprünglichen Gestalt zurückgekehrt war. Einem Diskussionsklub. Bis zu dem Tag im September, als Gunnar zuschlug.

Seine Beziehung zu Irene wirkte von außen gesehen wie immer. Sie kam regelmäßig ins Pfarrhaus, war aber vielleicht stiller und in sich gekehrter als früher.

Lars ging ihr aus dem Weg, sprach sie nur selten direkt an, war ihr aber eines Tages auf dem langen Flur im Gymnasium begegnet. Dem Flur, der die beiden Abteilungen verband. Sie kam aus einer Richtung, er aus der anderen. Lars schleppte einen Stapel Mathematikbücher. Irenes Hände waren leer. Sie gingen wie zwei Menschen, für die es keinen anderen Weg gibt. In einem Niemandsland, das sie nie zuvor betreten hatten. Die Entfernung kam ihm kilometerlang vor. Draußen fiel der Regen. Er hatte beschlossen mit kurzem Nicken an ihr vorbeizugehen, als sie fragte: »Sag mal, bist du böse auf mich?«

Er fummelte an seinem Bücherstapel herum. »Böse? Nein … aber …«

Hier blieben alle Uhren stehen, selbst der Regen legte eine Pause ein. Sie wandte den Blick ab, als sie sagte: »Ich … manchmal mache ich einen Ausflug, zum alten Pavillon … nachmittags. Ich weiß nicht, warum, es ist so wehmütig da draußen … schön.«

So waren im August die Worte gefallen. Er wusste sie auswendig. Und fünf Tage später war er, gegen seinen Willen, doch hingefahren. Durch den Wald, mit hämmern-

dem Herzen. Eine Dreiviertelstunde war er ruhelos umhergewandert und hatte die verlassene Umgebung körperlich gespürt. Erleichtert und enttäuscht zugleich.
Seither war er nicht mehr dort gewesen.
Jetzt fuhr er zusammen mit Otto von den Baracken zur Stadt und weiter nach St. Petri. Es wurde ein historisches, jedenfalls entscheidendes Treffen.
Auf dem langen Eichentisch lagen die Schienen einer Modelleisenbahn. Kleine und große Häuser, sorgfältig angefertigte Modelle der Wirklichkeit. Die meisten eigenhändig hergestellt vom Besitzer der Bahn, Luffes Vater, für den Hobby und Arbeit ein und dasselbe waren.
Gunnar nickte ihnen abgemessen zu, als sie die Treppe hochkamen. Søren saß ein Stück abseits, für sich selber.
Erst jetzt sah Lars, was Luffe da auf dem großen Tisch gebaut hatte. Alles war vertreten: das Depot, das Bürohaus, die Bahnsteige, der Bahnhof, der Gleiskörper und der Tunnel. Auf den Schienen standen Lokomotiven und Wagen, Güter- , Passagier- und Speisewagen. Luffe selber war ungewöhnlich still. Irgendetwas war vor Lars' und Ottos Eintreffen passiert. Irgendetwas zwischen Gunnar, Luffe und Søren.
Gunnar bat sie Platz zu nehmen. Er selber setzte sich ans Fußende, mit Luffe und Søren an den Längsseiten und Lars und Otto am anderen Ende. Otto verschlug der Anblick dieses exklusiven Spielzeugs die Sprache. Seine Finger mussten einfach daran herumspielen.
»Bald«, sagte Gunnar ernst, »in zehn Minuten kommt Åge Terkelsen. Wir brauchen noch einen Mann.«

Hier sprach der neue, fremde Gunnar. Der, der sich nach dem Essen nicht mehr an den Gesprächen zwischen Vater und Rosen beteiligte. Der, der nicht einmal Lars in seine Erwägungen einbezog. Oder erst, wenn sie schon zu Tatsachen geworden waren. Es irritierte Lars, aber hinter der Irritation lag auch Furcht, namenlose Angst. Eine Art Gewissensbisse, deren Berechtigung er nicht ganz erkennen konnte. Aber auch eine Angst vor dem, zu dem das Ganze sich entwickeln konnte.

Alles, was Spaß machte, was prickelte, war längst vorbei. Er hatte eines Abends bei Rosen gesessen, der am liebsten über die neuen Orgelpfeifen reden wollte, als Lars das Thema wechselte: »Vielleicht ist die Arbeit der Saboteure im Grunde sinnlos. Ich meine, im Großen gesehen.«

Rosen hatte ausnahmsweise eine ziemlich konkrete Antwort gegeben. »Zweifellos. Vom militärischen Standpunkt aus gesehen. Aber wenn wir unsere Herzen, unseren Verstand und unsere Integrität retten wollen, dann ist kein Opfer zu klein und auch nicht zu groß … auch nicht der Tod.«

Lars sah Søren an, der mit einem kleinen herablassenden Lächeln die große Spielzeugbahn betrachtete. Als ob er den anderen mitteilen wollte, dass sie sich von ihm aus gern mit solchen Kindereien abgeben mochten, wenn sie es nur nicht ernst nahmen. Aber ein Schweißtropfen über seinen Lippen verriet ihn. Er wusste, was jetzt kommen würde.

Gunnar sagte: »Luffe hat durch seinen Vater verschiedene Pläne erfahren, die diesem … Modell zugrunde liegen.«

Søren kicherte laut und zwinkerte Luffe zu.

»Wir wissen mit Sicherheit, dass wir in den kommenden Wochen die Möglichkeit haben werden, allerlei ... nötigen Sprengstoff zu besorgen, hier im großen Depot.«

Otto rückte näher an den Tisch heran und sah Gunnar aufmerksam an. Lars räusperte sich und fragte, was sie sich denn genau vorgestellt hätten.

Gunnar zeigte auf das Depot und setzte zu einem längeren Vortrag an, als Søren mit einer ungläubigen Grimasse die Hand hob. Er starrte seinen Finger an. Gunnar erteilte ihm widerwillig das Wort und verschränkte die Arme.

»Danke, tausend Dank, Herr Balstrup«, sagte Søren übertrieben höflich. »Und danke, dass du uns Fußvolk mitteilen magst, was ihr so macht. Ich nehme an, ihr seid schon weit gekommen mit eurem großen Plan?«

»Aus Sicherheitsgründen, wie du sicher verstehst, haben wir, Luffe und ich, es vorgezogen, zu warten, bis das Ganze ... fester stand«, sagte Gunnar.

»Achsojaja, auf uns ist vielleicht kein Verlass«, sagte Søren heftig. »Misstraust du Bruder Lars oder Herrn Hvidemann oder vielleicht mir? Es wäre doch interessant, das zu erfahren.«

»Dir!« Gunnar sah Søren jetzt voll an und Søren fiel sofort aus seiner Rolle als verfolgte Unschuld.

Er tat Lars Leid. Das war nicht gerecht.

Søren fragte jetzt, wann er zuletzt Gunnar oder einen anderen aus der Gruppe verraten hätte.

»Nie«, antwortete Gunnar. »Aber wir haben auch noch nie vorgehabt in ein Depot einzubrechen und Sprengstoff zu stehlen.«

»Aber zum Teufel, das wollt ihr doch wohl nicht im Ernst vorschlagen«, flüsterte Søren. »Gunnar, sieh mich an. Das kann nicht dein Ernst sein. Luffe! Was ist denn in euch gefahren? Das Depot! Da wimmelt es doch von Soldaten. Von Wachen und was weiß ich! Wir werden ganz einfach umgenietet, Mann. Seid ihr denn total und ganz und gar schwachsinnig? Und was zum Teufel wollen wir überhaupt mit Sprengstoff? Antworte, Gunnar!«
Aber weder Gunnar noch Luffe antworteten. Sie saßen nur wie versteinert da und starrten ihre Modelleisenbahn an.
»Ist das ein Geheimnis?«, rief Søren. »Sind wir drei anderen nicht mehr gut genug? Oder bin ich hier der Einzige, der in Unwissenheit gehalten werden soll?«
»Bis auf weiteres«, antwortete Gunnar.
»Bis auf weiteres!«, schrie Søren. »Sag mal, was zum Henker bildest du dir eigentlich ein? Das ist auch mein Leben, womit du spielst. Es ist zum Henker auch mein Kadaver, den du den Preußen in den Rachen wirfst. Ist es da nicht an der Zeit, mich zu orientieren?«
»Ist es das?« Gunnar sah seine Finger an.
»Ist es was?«
»Ist es dein Leben? Machst du mit oder machst du nicht mit? Darum geht es doch. Lars brauche ich nicht zu fragen und Otto Hvidemann schon gar nicht.«
Søren sprang auf und lief um den Tisch. »Nein, das ist klar. Das ist wirklich klar, Gunnar!«, rief er. »Und der hier«, Søren zeigte auf Ottos Rücken, »würde mehr als gerne den ganzen Mist anstecken und bei der Gelegenheit auch gleich das Hauptquartier in die Luft sprengen,

wenn du ihn darum bittest. Oder habe ich da gelogen, Hvidemann?«

Otto sah Søren verwirrt an.

»Äh … das Hauptquartier … meinst du das deutsche?«

»Ja, genau an das hatte ich gedacht. Hast du keine Lust, drei Stangen Dynamit unter der Bude anzubringen, wenn Gunnar nett darum bittet? Gib mir eine ehrliche Antwort, Otto!«

Otto ließ seinen Blick von Søren durch den Kreis wandern. Er begriff überhaupt nicht, was hier ablief.

»Doch«, sagte er. »Haben wir das also vor?«

Søren knallte mit der Hand auf den Tisch und alles bebte.

»Da hast du deinen Soldaten, Gunnar!«, rief er. »Warum schließt du diesen Idioten nicht mit seiner selbst geklauten Maschinenpistole ein und lässt ihn die ganze Bande vom Antennenwels bis zum Kommandanten abknallen?«

»Ja, warum nicht«, antwortete Gunnar trocken. »Dazu sind wir ja schließlich hier.«

Søren beugte sich über den Tisch und senkte die Stimme. »Dann will ich dir erzählen, warum nicht, Gunnar Balstrup. Denn in dem heiligen Augenblick, wo der kleine Prolet hier auch nur einen Schuss abgibt und einen Nazi umbringt, werden die Deutschen sich rächen, möglicherweise auf offener Straße, um ein Exempel zu statuieren. Und was haben wir dann erreicht, Otto Hvidemann?«

»Es ist Krieg«, antwortete Otto leise mit der Form von Logik, die keine Diskussion zulässt.

Søren ließ sich mit allen Anzeichen der Verzweiflung auf seinen Stuhl zurückfallen. »Viel Vergnügen, Gunnar«, stöhnte er.
Eine Minute darauf wurde an die Tür geklopft. Luffe stand auf.
»Das ist Åge«, sagte Gunnar. »Ich habe ihn teilweise über unsere Unternehmungen informiert. Ich garantiere persönlich für ihn. Wir haben keine Zeit für irgendeine Form von Aufnahmeprüfung. Ansonsten soll er nur Posten stehen.«
Der kleine, dunkle, untersetzte Åge kam herein und sah sich voller Ehrfurcht und Dankbarkeit um.
»Willkommen, Åge«, rief Søren. »Jetzt bist du im Krieg, altes Haus, gratuliere …«
Åge lächelte verlegen und setzte sich auf eine Stuhlkante. Gunnar erzählte, dass Åge sein Wort gegeben habe, und Åge nickte feierlich. Lars kannte ihn als den Dicken aus der Klasse, der irgendwann doch seinen Babyspeck verloren hatte, der aber immer noch unter den Hänseleien der Vergangenheit litt. Er zweifelte keine Sekunde an Åges Wort.
»Also«, seufzte Gunnar. »Würden der oder die, die nicht mehr an den Aktivitäten der Gruppe teilnehmen möchten, so freundlich sein das Lokal zu verlassen?«
Schweigen. Lars schielte zu Søren hinüber, der sich sofort zur Wehr setzte. »Sollen wir hier vielleicht zustimmen ohne auch nur zu ahnen, worauf wir uns einlassen?«
»Genau. Und ehe du und die anderen diese Bedingung akzeptiert haben, machen wir nicht weiter. Und noch

etwas: Du hast Otto Hvidemann zum letzten Mal als Proleten bezeichnet. Ist das klar?«
Lars sah zu Gunnar hinüber, der seine alte Aura zurückgewonnen hatte. Die Engelsflügel umgaben ihn wie ein phosphoreszierendes Licht.
»Ich möchte gerne die Hände von allen sehen, die mitmachen«, sagte er.
Die Hände von Luffe, Åge und Otto jagten wie drei Raketen in die Luft.
Lars zögerte, aber dann sagte er: »Ich bin dabei.«
Søren schüttelte immer wieder den Kopf. Schließlich riss Gunnar die Geduld und er rief: »Ja oder nein?«
»Ja. Ich mache mit«, sagte Søren endlich.
Gunnar nickte Luffe zu und der begann ruhig zu erklären: »Wir schlagen übermorgen um 1.00 Uhr zu. Das Gelände ist zwar wirklich scharf bewacht, aber das haben wir einkalkuliert. Åge und Søren werden … hier … und hier postiert.« Luffe zeigte auf zwei Stellen am Gleiskörper. »Wie gesagt, wir müssen ins Depot, und wir gehen zu dritt, Gunnar, Lars und ich selber. Otto Hvidemann wird davor postiert, hier. Wir haben insgesamt zwei Maschinenpistolen und eine Luger. Otto und ich nehmen jeder eine Maschinenpistole, Gunnar muss den Sprengstoff tragen, während Lars die Luger bekommt. Wir haben einen Plan der Wachablösung, aber die näheren Einzelheiten erfahrt ihr dann, kurz bevor wir aufbrechen. Wenn wir die Waren geholt haben, kehren Gunnar und ich hierher zurück und verstecken sie. Ihr anderen geht nach Hause.«

»Ist eine Frage erlaubt?« Wieder klang Sørens Stimme spöttisch.
Luffe nickte.
»Meint ihr, die deutschen Wachtposten sind allesamt taub und blind oder leiden an Kinderlähmung?«
Luffe kicherte, Åge lachte laut auf, riss sich dann aber zusammen. Gunnar lachte nicht, sondern sagte: »Wir arbeiten an einem Ablenkungsmanöver.«
Lars fragte, was das bedeuten sollte. Gunnar und Luffe tauschten Blicke.
»Luffe hat eine Zeitzünderbombe konstruiert«, sagte Gunnar dann.
Søren riss den Mund auf.
»Nur eine ganz kleine«, meinte Luffe bescheiden.
Otto sah ihn bewundernd an.
»Die wird hier platziert.« Gunnar zeigte auf eine Wagengruppe am Rande des Bahngeländes. »Und damit fängt die ganze Operation an.«
»Verzeiht, wenn ich mich anhöre wie ein Querulant«, sagte Søren, »aber wenn nun das Unvorstellbare geschieht und Professor Luffes Bömbchen nicht hochgeht, was dann? Was machen wir dann, Gunnar?«
Gunnar warf Luffe einen schrägen Blick zu.
Lars bemerkte, dass er diese Frage relevant finde.
»Aber die wird hochgehen«, erklärte Gunnar.
»Du hast vielleicht das Ehrenwort der Bombe«, fragte Søren, »oder hat Luffe sie zu Hause in der Küche ausprobiert?«
Das fand Luffe schrecklich komisch. Auch Otto lächelte. Zum ersten Mal hatte Lars ihn lächeln sehen. Otto

Hvidemann fand es offenbar total witzig, in einer Küche ein Bömbchen hochgehen zu lassen.
Gunnar sagte: »Klar, vieles kann schief gehen. Wir können nicht alles einkalkulieren. Aber damit müssen wir leben.«
»Oder daran sterben«, platzte Lars heraus, was ihm ein anerkennendes Nicken von Søren eintrug.
Danach schwiegen sie. Wie still, dachte Lars, es doch auf einem Dachboden werden kann, wo sechs junge Männer gerade beschlossen haben ihr Leben aufs Spiel zu setzen. Und noch dazu freiwillig.
Gunnar rückte näher an den Tisch heran.
»Unsere Gruppe besteht jetzt aus sechs Mann«, sagte er. »Und wir halten durch dick und dünn zusammen, denn wenn nur einer versagt, dann reißt er alle anderen mit sich.«
Lars sah Åge an, der seit zehn Minuten ein vollgültiges Mitglied war, und der starrte Gunnar mit der Anbetung an, die Leute überkommt, denen nur noch die Hoffnung bleibt.
Søren biss sich auf den Daumennagel, während Otto wie immer war.
»Muss man noch hinzufügen, dass wir keinerlei unnötige Schießereien tolerieren«, sagte Lars.
»Ja, das muss wohl betont werden«, sagte Gunnar. »Wir sind ja zum ersten Mal so schwer bewaffnet. Das bringt eine besondere Verantwortung mit sich – für den Einzelnen.«
Søren fragte, ob Otto auch brav zugehört habe. Otto antwortete mit einem Blick, der keinen Zweifel ließ.

»Aber«, fuhr Gunnar fort, »es darf kein Zweifel daran herrschen, dass wir nicht ins Depot gehen, um da festgenommen zu werden.«

»Also knall einfach los, Otto«, sagte Søren und starrte die Decke an.

Gunnar fragte, ob Søren die Aufgabenverteilung nicht passte. Ob er lieber Ottos Job beim Depot hätte? Mit der Maschinenpistole? »Denn wenn du darauf bestehst, dann lässt sich das arrangieren.«

Søren wandte mit seltsamem Grinsen den Blick ab. »Warum tust du mir das alles an, Gunnar?«, fragte er.

»Willst du mit Otto tauschen oder nicht?« Gunnars Stimme war eiskalt. »Ich kann dir nämlich sagen, dass Luffe und ich viel Zeit damit verbracht haben, herauszufinden, wer sich am besten für was eignet. Und wir sind zu dem Resultat gekommen, dass wir von der ganzen Gruppe …«, plötzlich kippte Gunnars Stimme ein wenig, »dass wir uns von allen auf Otto Hvidemann am meisten verlassen.«

Wieder war es ganz still. Lars blickte verstohlen zu Otto hinüber, der verlegen auf seinem Stuhl hin und her rutschte.

Eine Stunde später lag Lars auf seinem Bett und sah vor sich das inzwischen recht abgenutzte Bild eines Jungen, der ein flaches Boot hinter sich herzieht, auf der Suche nach Miesmuscheln. Er hörte Gunnar auf dem Flur. Vor der Tür zögerte er kurz, es klang, als ob er Probleme mit seiner Pfeife hätte.

»Komm rein, Gunnar«, sagte Lars, noch ehe sein Bruder angeklopft hatte.

Der wollte nur kurz etwas sagen. »Ich habe Vater empfohlen Rosen so schnell wie möglich nach Kopenhagen und von dort nach Schweden zu bringen.«
Lars setzte sich im Bett auf.
»Hast du mit Rosen darüber gesprochen?«
»Rosen ist ... Rosen«, antwortete Gunnar und sah aus dem Fenster, in den Garten, wo die Mutter die Wäsche von der Leine nahm. »Außerdem ist es zu seinem Besten.«
»Vielleicht sehen wir ihn nie wieder«, murmelte Lars und fühlte sich plötzlich innerlich ganz leer.
»Es geht auch um uns«, sagte Gunnar, der ihm den Rücken gekehrt hatte. »Unser Freund von der Gestapo kommt ja nicht in die Kirche, weil wir so schön singen. Und wir können es uns, wie du weißt, nicht leisten, unnötige Risiken einzugehen.«
Gunnar war schon unterwegs zur Tür, als Lars sagte: »Ich hab ... eine Scheißangst, Gunnar.«
Gunnar nickte schwer. »Dagegen ist nichts zu sagen und du kannst jetzt auch noch aussteigen. Persönlich meine ich ... es wäre vielleicht das Beste.«
»Wie meinst du das?«
»Wir müssen auch an unsere Eltern denken«, antwortete Gunnar nachdenklich. »Wenn nun etwas passiert. Sie haben nur uns. Und du kennst Mutter.«
»Mir bricht am ganzen Körper der Schweiß aus, wenn du so was sagst«, murmelte Lars.
Gunnar öffnete die Tür. »Überleg's dir«, sagte er.

12. Kapitel

Am Tag vor der so genannten »Operation S« beschloss er in den Wald zu fahren und ein bisschen Schießen zu üben. Nicht weil er annahm davon Gebrauch machen zu müssen, sondern ganz einfach um sich mit der Waffe vertraut zu machen. Gunnar war auf dem Schulhof zu ihm gekommen. Hatte ihn gefragt, wie es lief. Luffe war nicht in der Schule und Søren trieb sich mit Åge herum. Sie hatten das Gefühl, in einem Theaterstück mitzuwirken, dessen Anfang, Mitte und Schluss schon bekannt seien. Lars antwortete, dass er sich freue. Gunnar klopfte ihm auf die Schulter und kehrte zu Søren und Åge zurück.
Nach der Schule radelte Lars zu Otto und wartete eine halbe Stunde darauf, dass der endlich Zeit hatte. Sie standen im Waschraum der Baracken, wo Otto ihm vorführte, wie man mit einer Waffe umging.
»Hast du nie Angst, Otto?«, fragte Lars vorsichtig.
Otto hielt die Pistole in beiden Händen, mit ausgestreckten Armen.
»Ich habe Angst davor, nicht nach Hause zu kommen«, sagte er rätselhaft.

Die Schüsse im Wald brachten einen abrupten Knall und ein dumpfes Echo. Die Behauptung, er habe sich mit der Luger vertraut machen können, wäre eine Übertreibung. Knall, Rückstoß und das Aufprallen auf die Baumrinde erweckten in ihm richtiggehendes Unwohlsein. Er dachte an die Patrone im Magazin. An die, die einfach dalag und wartete. An den Finger am Abzughahn, den Druck und die Auslösung. Vielleicht saß in diesen Minuten irgendein unrasierter deutscher Oberfeldwebel auf seiner Bude und glotzte vor sich hin, verfluchte seine Nachtwache. Seine Uniform hängt über seinem Stuhl. Er zieht sie nach einem hastigen Bad an und er genießt das Ritual, die vielen Knöpfe, die Abzeichen, die ihn von den gemeinen Soldaten unterscheiden. Auf dem Tisch liegt das Koppel mit Halfter und Pistole. In der Pistole liegt das Magazin. Und im Magazin liegt die Kugel, auf der Lars' Name steht.

Der Regen kam plötzlich. Er hatte gar nicht zum Pavillon fahren wollen, aber es goss so schrecklich, dass alles andere eine Dummheit gewesen wäre, falls er sich keinen Schnupfen holen wollte.

Er trat in die Pedale und sah die Mutter in der Küche, wie vorhin, als er von zu Hause weggefahren war. Er hörte sie singen: ›Schwester Sonne, lieb ist mir der Himmel blau …‹

Er hätte ja sagen können: ›Mutter, Gunnar und ich gehen heute Nacht ins Depot, um ein bisschen Sprengstoff zu stehlen. Es steht nicht fest, dass du einen von uns lebendig wiedersiehst.‹

Und seine Mutter hätte antworten können, während sie den Zigarrenstummel aus dem Mund nahm: ›So soll es sein, Lars. Wenn ihr beiden kecken Balstrup-Boys nur so viele Nazischweine wie möglich abknallt, dann werde ich persönlich dafür sorgen, dass der Leichenbestatter euch zwei solide Kisten macht. Und Rosen kann auf dem Klimperkasten dazu spielen: Wir lieben die Stürme, die brausenden Wogen, der eiskalten Winde raues Gesicht …‹

Es ist wirklich zum Lachen, sagte er zu sich selber, als er durch den Regen rannte. Deshalb hat Rosen auch seine Liebe zu China. Und deshalb kichert Luffe. Der Krieg ist schwachsinnig. Zum Sterben komisch.

Ihr Fahrrad lehnte neben der Haustür unter dem Vordach. Sie stand fröstelnd im Zimmer und hatte die Arme um sich geschlagen. Der Sommer hatte den Pavillon verlassen. Im nassen Holz hing ein herber Herbstgeruch. Er lächelte sie kurz an.

»Na, das gießt ja vielleicht!« Er nahm seine Schirmmütze ab.

Sie blieb stehen. Trat von einem Fuß auf den anderen. Wie ein ungeduldiges Pferd. Ihre Haare waren trocken. Sie musste also schon eine Weile hier sein. Sie sah ihn aus großen, fragenden Augen an. »Hast du geschossen? Ich habe vorhin Schüsse gehört.«

Sie setzten sich nebeneinander vor die raue Mauer. Aber getrennt durch einen halben Meter Luft. Ein Luftschutzraum, dachte er. Und plötzlich hielt er die Luger in der Hand. Sie lag da wie eine flache Bagatelle. Er wärmte sich widerwillig an ihrem Glanz von Heldentum und Mystik.

»Aber woher hast du die? Ist das nicht eine deutsche Pistole?«

»Kann schon sein …«

Sie wandte den Blick ab.

»Gunnar meint, ich wäre blind«, murmelte sie missmutig.

Lars steckte die Pistole in die Tasche. Ärgerte sich schon, weil er sie ihr gezeigt hatte. Draußen hatte der Regen aufgehört. In der nächsten Minute brach die Sonne mit explosiver Kraft durch. Sie stand jetzt so tief, dass sie den Pavillon traf wie eine leuchtende Stalinorgel. Sie blickte ihr voll ins Auge. Ihr Gesicht erhielt einen goldenen, überbeleuchteten Schimmer, ganz und gar unwirklich. Wie in einem Traum.

»Meine Mutter ist so lieb«, flüsterte sie vor sich hin. »Sie versteht alles und sieht alles. Weihnachten werde ich neunzehn. Dieser Sommer hier ist mein letzter ... als Achtzehnjährige. Er wird nie wiederkehren. Im nächsten Jahr wird alles anders sein. Liest du noch Kaj Munk? Ich habe damit aufgehört. Ich sitze nur in meinem Zimmer und schaue aus dem Fenster, horche auf die Zeit, die einfach nur vergeht. Wir verpassen so viel!«

»Ich glaube, ich verstehe nicht, was du meinst.«

»Die Deutschen! Alles, was wir nicht dürfen, was wir nicht können. Und das gerade jetzt, wo ... wo jeder Tag so kostbar ist.«

»Ist das so schlimm? Ich meine, in anderen Ländern ...«

»Nein. Eigentlich nicht.« Ihre Stimme wurde lauter. »Aber da ist auch ... alles andere. Ich weiß nicht, aber ich kann mich einfach nicht richtig freuen. Nicht jetzt. Irgendetwas trennt mich von der Freude. Immer belastet mich etwas, als ob ich hundert wäre. Ich bin achtzehn. Ich bin jung, ich will jung sein, ich will frei sein und genau das tun, worauf ich Lust habe.«

»Aber du ...«

»Ich weiß doch genau, was ihr macht. Wenigstens einen Teil davon.« Sie senkte den Kopf, bis ihr Kinn auf ihre Knie stieß. »... so viel Leben«, flüsterte sie.
Er starrte sie an. Er könnte sich einige Zentimeter zur Seite beugen und ihr Ohr, ihre Wange und ihren weichen Mund küssen. Sich an sie drücken und ihr ... alles Mögliche erzählen.
Sie sah ihm in die Augen. Der totale Blick, dachte er, als ob ich in die Sonne schaute. Plötzlich wurden die beiden Glastüren aufgerissen. Lars fuhr zusammen. Im Nu waren beide aufgesprungen.
Der deutsche Unteroffizier fixierte sie mit kontrollierter Überraschung. Durchaus keiner unangenehmen Überraschung, seiner Mimik zufolge. Ein befehlender Blick und ein leichtes Kräuseln des Mundwinkels. Hinter ihm kam ein gemeiner Soldat. Beide waren an die dreißig.
Der Offizier kam mit langen, festen Schritten ins Zimmer, drehte sich auf dem Absatz um und fixierte Lars und Irene, die sich an die Wand drückten. Lars hatte Irenes Hand gefasst. Ihre Hand in meiner, dachte er, jetzt brauche ich nur noch die Luger mit der anderen zu packen.
»Berger!«, rief der Offizier ohne den Blick von Lars und Irene abzuwenden.
Der Soldat trat mit einem spöttischen Grinsen ein. Er war angetrunken. Lars folgte Irenes Blick. In einiger Entfernung, unter den Bäumen, stand ein deutsches Militärauto. Davor machten zwei Mädchen in hellen Sommerkleidern ihr Make-up noch sichtbarer. Feldmatratzen.

Der große Unteroffizier kam langsam auf Lars zu. Noch immer lag ein leichtes Lächeln auf seinen Lippen, aber seine Augen waren kalt wie zwei Fische. Wie der Lichtkegel eines Leuchtturms wanderte sein Blick zu Irene weiter. Mit gekrümmtem Zeigefinger hob er ihr Gesicht mit leichtem Druck unter dem Kinn.

»Mmmm«, brummte er. »Berger, wo bist du?«

Der Offizier musterte Irenes Körper abschätzig und schnalzte mehrmals mit der Zunge. Dann lächelte er breit und kniff Lars in die Wange. Zu viele Zähne, ein Lächeln mit zu vielen Zähnen. Anatomisch unkorrekt. Er sah Lars eindringlich an, fast verliebt. Und dann war sein Knie zwischen Lars' Beinen und traf ihn im Schritt. Das Lächeln hatte jetzt seine Augen erreicht, die plötzlich glänzten. Er roch nach irgendetwas, einem Desinfektionsmittel. Mit plötzlicher Bewegung zog er Irene an sich und küsste sie hart. Lars' Hand umklammerte in seiner Tasche die Luger. Er wollte gern, nichts wäre ihm lieber gewesen. Einfach das Magazin leeren, aber er bewegte sich nicht. Irene riss sich los und spuckte verächtlich auf den Boden.

»Dreckschwein!«, sagte sie wütend und ging zur Tür.

Der Unteroffizier mit dem unglaublichen Gebiss legte den Kopf in den Nacken und lachte. Lars lief hinter Irene her und drückte sich an der Tür an dem Soldaten vorbei. Ohne auch nur ein Wort zu wechseln fuhren sie nach Hause. Sie hat gewusst, dass ich die Luger in der Tasche habe, dachte er. Sie hat auch gewusst, dass die geladen ist, und jetzt weiß sie, dass ich zu feige bin, um sie zu benutzen.

Sie blieb bei der Kreuzung vor der Stadt stehen. Er konnte sehen, dass sie geweint hatte.
»Ich verstehe gut, was du meinst«, sagte er leise.
»Ich hätte sonst … eine Nachricht hinterlassen … für dich, an der Mauer da draußen«, sagte sie.
»Für mich«, murmelte er.
Sie nickte und wandte den Blick ab. »Ja, aber jetzt werde ich nie mehr hinfahren.«
Er blickte ihr nach, bis sie um die Ecke gebogen war.

Mit der Dunkelheit war die Kälte gekommen; die Kälte und die Stille. Sie hockten am Bahngelände, Gunnar, Luffe, Søren, Lars und Otto. Starrten verbissen den flachen länglichen Bahnhof an, wo Schienen, Häuser, Bahnsteig, Bürogebäude und nicht zuletzt das Depot aussahen wie auf ihrem Modell, das Luffe zu Hause auf dem Boden aufgebaut hatte. Otto und Luffe hielten ihre beiden schweren Maschinenpistolen schussbereit. Es herrschte eine Stimmung von ›Jetzt-führt-kein-Weg-zurück‹. Gunnar hatte seinen leeren Rucksack auf dem Rücken. In der Hand hielt er nur eine Stablampe. Åge und Søren bekamen ihre kleinen Signallampen. Gunnar sah auf seine Uhr und nickte ihnen zu. Sie verschwanden in der Dunkelheit. Bald darauf kam Luffe an die Reihe. Es war vierzig Minuten nach Mitternacht. Unten auf den Schienen gingen zwei Wachtposten hin und her. Jetzt konnten sie nur noch warten. Zehn Minuten darauf war Luffe wieder da. Atemlos, aber guten Mutes. Er nickte Gunnar zu. Noch ein paar Minuten. Lautlos arbeiteten sie sich die Böschung hinunter und passierten gebückt die ersten Schienen. Gunnar ging hinter einem leeren Güterwagen in die Knie. Er sah auf seine Uhr. Fünf Minuten. Luffe lächelte Lars angespannt an und kreuzte die Finger. Ihre Nerven lagen bloß. Die Sekunden schlichen nur so. Vier Minuten.

»In der Uhr sitzt eine Eieruhr«, flüsterte Luffe Otto zu, aber der starrte nur das Depot an. Drei Minuten. Insgesamt sieben Soldaten strömten aus dem Wagen, der mitten auf dem Gelände stand. Sie riefen sich irgendetwas zu. Trugen ihre großen, schweren Wintermäntel. Zwei Minuten. Die Wachmannschaft teilte sich. Eine lange Nacht konnte beginnen.

»Ein bisschen zu spät, dem Zeitplan nach«, murmelte Gunnar.

Eine Minute.

Luffe sank etwas in sich, schluckte einen Kloß hinunter. Lars starrte seine Stiefel an. Wenn die Bombe nicht explodierte, dann konnten sie wieder nach Hause gehen. Ebenso still verschwinden, wie sie gekommen waren. Er schloss die Augen und sah vor sich das Bild, das ihn während der langen Wartezeit wie ein Alb gequält hatte. Der deutsche Offizier im Pavillon, der Mann mit den viel zu vielen braunen, vollständig identischen Zähnen. Der Geruch eines chemischen Stoffes. Und zum ersten Mal ging es Lars auf. Es war der Geruch von Krankheit. Der Mann hatte ein Lächeln wie ein Totenschädel.

Ein dumpfes Dröhnen war rechts von ihnen zu hören. In den folgenden Sekunden zeigten die Wachen, die verwirrt durcheinander rannten, Anflüge von Panik. Einige nahmen feste Positionen ein, während andere bereits

unterwegs zum Güterwagen waren, aus dem Rauch aufstieg.
»Jetzt!«, sagte Gunnar und lief gebückt über das Gelände, gefolgt von Luffe, Lars und Otto.
Kurz darauf drückten sie sich flach ans Depot, wo Luffe mit Mühe die schwere Tür öffnete. Drinnen war es schwarz.
»Zehn Minuten, Hvidemann«, sagte Gunnar leise. »Wenn wir in zehn Minuten nicht zurück sind, dann gehst du rein.«
Otto sah ihn unglücklich an und sagte, er habe leider keine Uhr. Er bekam Luffes. »Die ist wasserdicht«, flüsterte Luffe glücklich. In der nächsten Sekunde waren sie verschwunden.
Das Depot wirkte von innen größer und düsterer als von außen. Die Eisenbahnwagen standen da wie schlafende Dinosaurier. Irgendwo stieß ein Ventil Luft aus. Sie fuhren zusammen. Luffe zeigte ihnen den Weg. Runter zwischen die Deichseln. Ein Hund schlug an. Gunnar zeigte auf eine Wagentür und zog sein Brecheisen hervor. Luffe hielt die Maschinenpistole bereit. Lars hatte seine Luger gezogen und starrte Gunnar an, der sich an der Tür zu schaffen machte. Luffe sah ihn vorwurfsvoll an, als Gunnar anfing auf das Schloss einzuschlagen. Hörten sie Schritte? Gunnars Blick flackerte, dann zog er mit aller Kraft an der Brechstange. Das Scharnier löste sich und fiel klappernd auf den Zement. Gunnar wollte gerade in den Wagen springen, als eine gelbe Deckenlampe aufleuchtete. Er schwang sich mit wütender Bewegung in den Wagen. Der Köter kläffte wie besessen. Lars und

Luffe sprangen auf und halfen Gunnar die schwere Tür zu schließen.
Luffe machte sich sofort an die Untersuchung der aufgestapelten Holzkisten, da sagte Gunnar: »Das Scharnier … wir haben Scharnier und Schloss vergessen, die liegen draußen auf dem Boden.«
Aus der Ferne erschollen Kommandorufe.
»Wir können aber auch nicht hier bleiben«, sagte Lars.
Luffe erklärte, er habe gefunden, wonach sie suchten, und begann Dynamitstangen, Lunten, Zündsätze und Sicherungen in Gunnars Rucksack zu stopfen.
»Genug, genug, Luffe«, flüsterte Lars, aber Luffe machte weiter, als ob er einen Spielzeugladen leerte und nicht genug bekommen könnte.
»Wir müssen warten«, sagte Gunnar. »Aber das mit dem Scharnier und dem Schloss ist ein verdammter Mist.«
Lars hatte die Hand an der Tür. »Okay«, sagte er. »Ich hol sie. Und dann warten wir, bis sich alles wieder beruhigt hat.«
Gunnar stieß die Tür auf. Lars sprang hinaus. Das ganze Depot war jetzt in gelbes Licht gebadet, deshalb war es kein Problem, Scharnier oder Schloss zu finden. Ein schwarzer Schäferhund kam auf ihn zugejagt. Luffe starrte aus dem Wagen.
Lars' Füße schienen Wurzeln zu schlagen. Scharnier und Schloss glitten aus seinen Händen und fielen mit lautem metallischem Klirren auf den Boden. Gunnar rief seinen Namen. Draußen heulten jetzt die Sirenen. Im Depot formierten sich die Geräusche. Laufende Füße, schrille Pfeifen. Türen, die geöffnet und geschlossen wurden.

Und der bellende Hund, Luger in der Hand, Magazin im Kolben, Kugel im Magazin.
»Lars!«, rief Gunnar, als der Schuss fiel.
Der Hund kippte auf die Seite und blieb still liegen. Eine lange Sekunde – kein Geräusch. Lars starrte sprachlos den toten Hund an. Während Luffe und Gunnar sich aus dem Wagen schwangen und durch die Wagenräder starrten. Es kamen mehr Licht, mehr Stimmen, mehr Laufen dazu.
»Mir nach«, flüsterte Gunnar.
Zwischen den Wagen sahen sie die ersten Soldaten. Sie mussten einen Umweg machen, um den Ausgang zu erreichen.
»Halt!« Die Wache stand ein Stück entfernt und zeigte mit ihrer Maschinenpistole auf ihn.
»Lauft!«, schrie Gunnar.
Sie ließen sich zwischen die Wagenräder fallen, robbten auf die andere Seite durch, während die Kugeln um das Eisen pfiffen und ihnen Splitter um die Ohren flogen. An verschiedenen Stellen wurde das Feuer eröffnet.
Gunnar presste sich flach auf den Boden, während Lars sich die Ohren zuhielt.
»Wir laufen aber in die verkehrte Richtung«, rief Luffe.
»Eine andere gibt's nicht«, antwortete Gunnar.
Die Sirene draußen schnitt ihnen durch Mark und Bein. Jetzt kommen sie, dachte Lars, jetzt kommt die ganze Bande angestürzt.
Sie blieben stehen und schnappten nach Luft. Es war, als würde mit ihnen in dem großen Labyrinth Katz und Maus gespielt. Nur eine Frage der Zeit …

»Wir müssen uns den Weg freischießen«, stöhnte Gunnar. »Seid ihr bereit dafür?«
Luffe nickte, starrte aber gleichzeitig unglücklich in die Luft. Gunnar bat Lars um die Luger. Lars gab sie ihm gern. In diesem Moment traf einen halben Meter über ihren Köpfen eine Salve. Holzsplitter explodierten wie Knallerbsen. Sie ließen sich fallen, Lars sah Luffe unter einen breiten Tender robben, als ein deutscher Wachtposten in die Knie ging und aus weniger als zehn Metern Entfernung auf Luffe zielte. Er konnte es einfach nicht vermeiden, den armen Luffe zu treffen, und der konnte nur daliegen und auf die Kugel warten, die seinem Leben ein Ende setzen sollte. Die Salve, die die Luft zerriss, kam jedoch von ganz woanders. Sie starrten den Soldaten an, der nach kurzem hektischem Krampf in sich zusammensank. Wie irrsinnige Vierbeiner robbten sie zusammen mit Luffe auf der anderen Seite des Wagens in einen neuen Mittelgang, wo sie Otto Hvidemann erblickten, der ihnen den Rücken gekehrt hatte und drauflosfeuerte.
»Otto!«, rief Gunnar.
»Weiter!«, rief Otto zurück. »Ich geb euch Deckung. Åge und Søren sind auch hier.«
»Wir müssen raus, Gunnar«, flüsterte Lars und packte seinen Bruder.
Ein Kugelregen zerfetzte ein großes Fenster und die Glassplitter zerfielen zu winzigen Partikeln. Sie blieben stehen und starrten die kniende Gestalt auf dem Boden, die schreiend in den Scherben wühlte und in ihrer Ohnmacht brüllte, sprachlos an. Søren! Åge kam angerannt, sein ganzes Gesicht zeigte einen Schock.

»Okay«, rief Gunnar. »Jetzt halten wir uns eng zusammen. Wir kommen schon raus, Jungs. Das verspreche ich. Gib mir die Maschinenpistole, Luffe.«

Ein Moment der Stille folgte, während die Deutschen neue Stellungen bezogen.

»Jetzt ist die Tür sicher versperrt«, sagte Luffe.

Das konnte Åge bestätigen.

»Otto«, sagte Gunnar. »Kannst du Søren holen? Ich weiß nicht, ob er getroffen ist. Wir anderen laufen auf die andere Seite und versuchen eine Hintertür zu finden.«

Otto nickte und sah zu Søren hinüber, der immer noch unter dem klaffenden Loch lag, in dem vorher fünfzig kleine Scheiben gesessen hatten.

Wieder erklang Rufen und Schreien.

Lars sah Otto zu Søren hinüberrennen und ihn hochziehen.

»Lars«, schrie Gunnar. »Jetzt los …«

Zitternd kam Søren auf die Füße und starrte Otto ungläubig an.

»Das alles ist deine Schuld«, flüsterte er. »Deine Schuld, Hvidemann.«

Plötzlich tauchte auf dem Dach über ihnen ein Deutscher auf.

»Otto!«, schrie Lars, der rückwärts rannte.

Er sah, wie Otto herumfuhr und noch in der Bewegung das Feuer eröffnete. Brüllend stürzte der Soldat vom Dach. Søren sah aus wie ein Schlafwandler, als Otto ihn am Kragen packte. Sie rannten hinter den anderen her, die hinten im Depot eine kleine Metalltür gefunden hatten. Eine Steintreppe führte hinunter in einen niedrigen

Kellergang mit schwachem Licht. Der Gang führte immer wieder im Kreis, nach links, nach rechts. Vorne Gunnar, dahinter Åge, Luffe, Lars, Otto und Søren. Über ihnen heulten mit neuer Stärke die Sirenen, als sie ein Magazin oder eine Werkstatt erreichten.

»Wir sind gefangen«, keuchte Åge. »Wir kommen hier nie mehr raus, Gunnar. Und ich … ich wollte im Sommer doch Abi machen.« Das Letzte sagte er mit leiser, ungläubiger Stimme.

»Natürlich kommen wir raus«, fauchte Gunnar. »Die Frage ist bloß, ob du das Abi schaffst.«

Søren hatte sich auf einen Stapel Säcke gesetzt. Seine weit aufgerissenen Augen strahlten ein Entsetzen aus, das Lars noch nie gesehen hatte. Die anderen suchten derweil einen Ausgang oder ein Fenster.

»Lebendig begraben«, murmelte Søren. »Ich hab's ja gesagt … ich hab's ja gesagt … aber ihr wolltet nicht auf mich hören …«

Gunnar gab ihm ein Zeichen zu schweigen, als sich langsam eine Schranktür öffnete. Eine träge, zufällige Bewegung im Raum, die sofort Lars' Aufmerksamkeit auf sich zog. Der Soldat war in seinem Alter. Hatte sich offenbar hinter der Tür versteckt. Seine Uniformjacke stand offen. Er war unbewaffnet. Genau wie ich, dachte Lars.

»Gunnar«, rief er. »Gunnar, wir haben ein Problem.«

Schweigen. Gunnar und Luffe starrten den Soldaten an, der immer wieder flüsterte: »… bitte … bitte … bitte …«

Sie hatten ihn umringt. Søren schrie vor Entsetzen.

»Was machen wir mit ihm?«, fragte Lars.

»Er kann uns wiedererkennen und ans Messer liefern«, sagte Luffe.
Gunnar rieb sich das Gesicht und sah wütend zu Søren hinüber, der sich zu Boden geworfen hatte. Otto bahnte sich einen Weg und hob resolut die Maschinenpistole. Lars warf sich sofort dazwischen.
»Otto, zum Teufel«, stöhnte er. »Du kannst ihn doch nicht einfach umbringen. Gunnar, sag was, Mann …«
»Aber er kann uns identifizieren«, wiederholte Luffe. »I-i-identifizieren.« Gunnar und Otto wechselten Blicke. Otto riss die Eisentür des Schrankes auf, stopfte den Deutschen in das enge Innere und schloss die Tür mit einem Splint.
Jetzt kam Åge angestürzt. »Hier … hier. Ein Fenster … ein Fenster …«
Es war rund und nicht besonders groß. Aber sie kamen hindurch, einer nach dem anderen. Auf die rechte Seite der Bahnlinie, wo die Sirenen heulten und die Scheinwerfer das Gelände immer noch absuchten.
Gunnar rannte gebückt vorwärts, gefolgt von Luffe und den anderen, zuletzt kamen Otto und Lars.
Die Kugeln pfiffen zwischen den Schienen.
»Lauft«, schrie Gunnar. »Dreht euch nicht um, lauft, so schnell ihr könnt. Es sind nur hundert Meter.«
Drei Deutsche gingen ruhig in die Knie und zielten.
Lars sah Otto stehen bleiben.
»Nein, Otto, zum Teufel … komm jetzt, Mensch!«
Otto drückte ab. Seine Schießkünste waren geradezu erschreckend. Er lief hinter Lars her, als der letzte Schuss durch die Nacht heulte. Die anderen hatten die

Böschung erreicht, als Lars sich umdrehte und Otto für einen Moment auf den Knien liegen sah, ehe er vorwärts fiel.

Ein eisblauer Scheinwerfer fand ihn mit seinem kalten Auge. Lars schrie ihn an. Gunnar rief Lars zu: »Jetzt oder nie!« Aber Lars rannte zurück und brachte Otto halbwegs auf die Beine. Otto starrte Lars fiebrig an. Gunnar kam jetzt auch dazu, dann Luffe. Zusammen brachten sie Otto zur Böschung, wo Åge mit dem Rucksack stand. Sie kämpften sich weiter und ab und zu sah Lars Ottos blutdurchtränkte Schulter an.

Søren kam mit den Fahrrädern. Åge erzählte, dass er sich in die Hose gepisst habe.

»Yes, yes«, sagte Gunnar atemlos. »Søren und Åge, ihr fahrt. Jetzt. Haut ab … wir sehen uns …«

Luffe legte Otto auf den Boden. Otto bat um ein Glas Wasser. Er war völlig benebelt. Lars versuchte einen Druckverband anzulegen.

Als Åge und Søren verschwunden waren, meinte Gunnar, sie könnten Otto wohl nicht ins Krankenhaus bringen. Dort würden sie die Polizei rufen …

»Aber was dann«, rief Lars. »Hier verblutet er uns doch!«

Luffe nickte. »Er muss zum Arzt, Gunnar, und zwar so schnell wie möglich.«

Lars packte Gunnar am Arm. »Kirstens Vater hat doch seine eigene Praxis. Das ist nicht sehr weit weg. Wenn wir Otto auf ein Fahrrad setzen können …«

»Aber es ist doch mitten in der Nacht«, sagte Gunnar.

Lars sagte, das sei ihm völlig schnuppe. Sie luden Otto auf Gunnars Fahrradstange, so dass Gunnar ihn beim

Lenken festhalten konnte. Luffe packte Gunnars Sattel und schob.

»Jetzt fahren wir, Hvidemann«, sagte Gunnar. »Fall bloß nicht runter.«

Sie brauchten eine Viertelstunde. Inzwischen hatte Otto das Bewusstsein verloren. Luffe und Lars legten ihn ins Gras, während Gunnar an der Tür der großen, roten Villa klingelte.

Einen Augenblick später wurde das Licht eingeschaltet. Der Arzt selber öffnete, in Schlafanzug und Schlafrock. Gunnar entschuldigte sich für die späte Stunde und erklärte, dass ein Freund von ihm sofort Hilfe brauche.

Sie trugen Otto ins Sprechzimmer, wo der Arzt einen kurzen forschenden Blick auf seine Schulter warf.

»Wie ist das passiert?«, fragte er scharf.

»Das kann ich Ihnen nicht sagen«, murmelte Gunnar ausweichend.

Der Arzt sah von einem zum anderen. Sein Blick hielt bei Lars inne.

»Sag mal, was ist hier los?«, fragte er zornbebend. »Was macht ihr eigentlich?«

»Entschuldigung, aber er hat eine Kugel in der Schulter, Herr Dr. Halling«, warf Lars höflich ein.

»Ja. Das sehe ich. Und ich sehe auch, dass er in der Ziegelei arbeitet.«

Otto trug seinen Drillichanzug mit den Initialen der Ziegelei.

»Er gehört nicht … zu meinen Patienten.«

»Was in aller Welt meinen Sie damit?«, fragte Gunnar.

»Genau, was ich gesagt habe.«

»Aber Ihr hippokratischer Eid!«, meinte Gunnar sprachlos. »Sie können sich doch nicht weigern …«
Der Arzt machte zwei Schritte rückwärts in Richtung Tür. »Raus!«, sagte er. »Raus hier! Die Unfallstation ist rund um die Uhr geöffnet. Meint ihr, ich helfe einem solchen Haufen von Irren! Und ausgerechnet ihr beiden, Lars und Gunnar, das hätte ich nicht erwartet. Bringt jetzt bitte diesen Arbeiter weg, ich werde …«
Der Arzt verstummte und starrte in den Lauf von Gunnars Luger.
»Los, machen Sie schon.«
»Nie im Leben.« Der kleine rundliche Mann verschränkte die Arme und stellte einen Fuß vor den anderen.
Gunnar sagte: »Ich habe persönlich heute Nacht zehn Deutsche erschossen. Einer mehr oder weniger spielt keine Rolle und ich glaube, es wird das reine Vergnügen sein, das Land von noch einem Nazisympathisanten zu befreien.«
»Was bildest du dir ein, du junger Dachs!«, rief der Arzt und Gunnar verlor die Beherrschung. Im nächsten Moment hatte er den Arzt an den Nackenhaaren gepackt und presste ihm die Pistole geradezu ins Nasenloch.
Lars schnappte nach Luft.
»Ich garantiere Ihnen, Dr. Halling, ich bringe Sie um, wenn Sie dem Jungen nicht helfen.«
Es dauerte fast eine halbe Stunde. Dann war Otto zusammengeflickt. Er war immer noch reichlich fertig, als der Arzt ihnen vom Waschbecken aus erklärte, dass die Wehrmacht ihn sicher für alles entschädigen würde.

»Wenn Sie auch nur ein Wort über diese Sache verlieren«, stöhnte Gunnar, »dann sind Sie ein toter Mann.«
Unterwegs sagte Luffe, dass Otto sicher ein Bier brauchen könnte. Er hatte ziemlich viel Blut verloren. Otto meinte, das sei kein Problem.
Bald darauf saßen sie an der Mauer der Brauerei und tranken direkt aus dem Eimer. Luffe sprach schon leicht undeutlich, als er fragte: »Sag mal, Otto, wieso kennst du dich hier so gut aus?«
»Mein Vater hat zwölf Jahre lang in der Brauerei gearbeitet«, antwortete Otto und reichte Lars eine Hand, um auf die Beine zu kommen.
Die Fabriksirenen sangen heiser ihr Siegesgeheul über die Stadt.
Gunnar und Luffe drückten sich die Hände und Lars hätte Otto fast umarmt, begnügte sich aber damit, ihm auf die gesunde Schulter zu klopfen.

13. Kapitel

Søren hatte Gunnar in aller Stille um ein Treffen unter vier Augen gebeten. Gunnar hatte gesagt, man werde wie verabredet eine Pause in den Aktivitäten einlegen.
»Aber die Deutschen machen das nicht!«, rief Søren quer durch die Aula. Gunnar starrte ihn an. Søren lachte hysterisch. »Es rutscht«, lachte er. »Alles rutscht dir aus den Händen, Alter.«

Eine knappe Woche war verstrichen. Fünf Tage, in denen die Gruppe sich ausgeruht und versucht hatte Abstand zu ihren Erlebnissen zu gewinnen. Lars hatte sich Åge anvertraut, einem Jungen, zu dem man leicht Vertrauen fasste. Dieser stille Bursche, der direkt ins Feuer gegangen war ohne zu kneifen und – vor allem – ohne danach zu prahlen, hatte eine angeborene Zuverlässigkeit.

»Nachmittags stecke ich den Kopf unter die Decke und verliere mich in Träumen«, sagte Lars auf dem Heimweg nach der Schule. »Ich stelle mir vor, der Krieg wäre abgeblasen, die Soldaten nach Hause gefahren und Hitler nach Österreich zu seinen Farbeimern zurückgekehrt. Vielleicht hat man ihm eine Strafe auferlegt oder ihn in eine Anstalt gesteckt. Ich versuche, nicht ans Depot zu denken. Ich versuche das Bild von Søren in den tausend Glasscherben zu vergessen ... und auch alles andere, sowieso.«

Åge nickte und rückte seinen Schlips zurecht. Sagte etwas davon, dass es ihm genauso ging, nur umgekehrt.

»Ich bin noch nie, wie soll ich sagen, so angespannt und so erfüllt gewesen ... das war einfach so stark. Es war fantastisch.«

Lars nickte besserwisserisch. »Es ist ein Stoff«, sagte er, »der sich in deinem Körper festsetzt wie Rauschgift.«

»Rauschgift?«

»Man kann davon abhängig werden, zeitweise jedenfalls. Aber es geht vorbei, es verschwindet. Vielleicht wird es von der gesunden Vernunft gefressen ... von großen, starken weißen Blutkörperchen. Am Ende ...

am Ende … hat man nur noch Angst. Angst davor, dass alles wieder von vorne anfängt. Dass sich die Geschichte wiederholt, aber dass diesmal alles schief geht. Dass dich der grinsende Totenschädel einholt.«

Lars starrte vor sich hin. Åge sah ihn verlegen an und fuhr bald darauf. Lars blickte ihm nach. Auch gut. Es war schön und nötig, allein zu sein, ganz allein. Einen Ort zu finden, wo es still war, einen Ort, wo der Wind wehte und wo der September nur er selber war, trocken, lauschend und schön. Sich vom frischen, herben Wind den Kopf klar pusten lassen. Vergessen. Aber im Traum, wenn der Schlaf die Oberhand gewann, kam alles zurück, absurder denn je, wie ein Versuch des Unterbewusstseins, ein ehrlicher Versuch, im Irrenhaus der Wirklichkeit Ordnung und System zu schaffen.

Er läuft, läuft, fällt, kommt wieder hoch, geht durch Glasscherben. Soll und muss die schwarze Eisentür erreichen. Lars, schnell. Offen, offen. Endlich kann er die Tür öffnen und starrt den lächelnden Unteroffizier an, der ihn hereinlässt. Gastfreundlicher Mann. Der Mund breitet sich in seinem fahlen Gesicht aus wie ein Axthieb. Etwas geschieht mit ihm. Seine Haut weicht zurück, wie vor Flammen, die Haare rollen sich auf wie zu Asche. Seine Augen werden isoliert. Seine Uniform brennt, alles brennt, am Ende gibt es nur noch das Lächeln und das Lachen. Lauf, Lars, lauf …

Er öffnet die Tür und betritt den Pavillon, der in gelbes Licht gebadet ist. »Ist hier jemand?« Irene ruft. Ihre Stimme, irgendwo. Er fährt herum und da steht sie. Ihre Lippen, ihre Küsse, endlich. »Ich habe dir eine Nachricht hinterlassen.« Sie schmeckt nach Desinfektionsmittel. Lars macht sich von ihr frei, aber sie hält ihn mit starken Armen fest. Ihre weichen Lippen stülpen sich um, man sieht ihr unendliches Gebiss. Wie ein Dressurreiter jagt er durch die runde Manege des Pavillons. An die Wände sind Hakenkreuze gemalt, die Leute applaudieren, die Flagge wird gehisst und hinten, unter den Zuschauern, höflich klatschend, sitzt Philip Rosen, in gestreifter Häftlingskleidung. Seine Haare sind verschwunden. Seine Wangen sind hohl. Lars wird vom eisblauen Licht der Projektoren eingefangen.

Die Leute sind aufgestanden, sie singen:

»Vor der Kaserne, vor dem großen Tor
steht eine Laterne und steht sie noch davor;
dort wollen wir uns wiedersehn,
bei der Laterne wolln wir stehn ...«

Lars zieht eine Uniform an. Sie passt ihm sehr gut. Mütze, Stiefel und Koppel. Kirsten trägt Blumen in den Haaren, sie sieht aus wie eine Tirolerin, sie macht vor ihm einen Knicks. Sie tragen Trauringe und ihre Zöpfe liegen in ihrem Nacken wie goldenes Tauwerk. Auf ihrem willensstarken Nacken.

»Bei der Laterne wolln wir stehn
wie einst Lili Marlen, wie einst Lili Marlen.«

Schweißgebadet erwacht er. Vor ihm steht Gunnar. In seinem alten Schlafrock. Er lächelt, will Lars eine Hand auf die fieberheiße Stirn legen, aber Lars weicht ihm aus.

»Pass auf, Gunnar ...«

»Du träumst doch, Lars.«

»Nein, pass auf.«

»Worauf?«
»Auf mich.«
»Ich werde schon auf dich aufpassen.«
»So hab ich das nicht gemeint.«
Drei Tage nach dem Einbruch im Depot wurden sämtliche Jungen in die Aula des Gymnasiums gerufen, wo der Rektor und einige Lehrer, darunter der immer diensteifrige Studienrat Junkersen, sie in schnurgeraden Reihen aufstellten.
Der Rektor erklärte, es ginge um einen routinemäßigen Besuch der Wehrmacht. Zwei deutsche Soldaten, ein Offizier und der Mann, den sie Antennenwels nannten, kamen vom Schulhof herein. Junkersen verbeugte sich servil, während Lars den anämischen Gestapomann und den kleinen dünnen Soldaten anstarrte, den der vor sich herschob. Den Soldaten aus dem Keller …
»Diese Sache braucht die Zeit der Herren nicht sehr lange in Anspruch zu nehmen«, sagte der Antennenwels, während er auf einer Seite mit der Untersuchung begann.
Lars sah Luffe und Gunnar an, die beide ins Leere starrten. Vielleicht hatte Otto Recht gehabt. Sie hätten ihn erschießen sollen. Für immer seinen Mund verschließen.
Die kleine Gruppe war jetzt beim schrecklich schwitzenden Åge stehen geblieben. Der Antennenwels ließ sich Zeit. Sie gingen weiter, kamen auf Lars zu. Passierten Søren, dann Luffe, blieben vor Gunnar stehen.
Der Gestapomann trat hinter Gunnar und blieb lange dort stehen, während der Soldat den Kopf schüttelte und weiterging. Sie waren nur noch wenige Meter von

Lars entfernt, der Augenkontakt zu seinem gleichaltrigen Feind bekam. Aber es war kein feindseliger Blick, der ihm da begegnete, sondern der Blick eines Verbündeten. Der Soldat schüttelte den Kopf und ging weiter. Durch die nächste Reihe. Lars sah zu Boden. Eines Tages, dachte er, wenn dieser Albtraum vorbei ist, werden er und ich uns die Hände drücken können. Er und ich.

Alles war fast in wenigen Minuten überstanden. In der Türöffnung wandte der Antennenwels sich an die Versammlung: »Ja, ich bleibe in der Stadt«, sagte er, »bis wir die Leute gefangen haben, die sich ganz ohne Grund gegen die Wehrmacht erhoben und den Wünschen der Dänen und der Wehrmacht getrotzt haben. Aber wie ihr wisst, werden Saboteure immer gefasst ... oder erschossen.«

Der Gestapomann ließ die Worte in der Luft hängen, er genoss den Respekt und die Angst, die er verbreitete, und er dehnte die Zeit aus, bis es wehtat. »Sollte einer von euch ... oder mehrere ... den Drang verspüren, etwas zu erzählen, dann wisst ihr, wo ihr mich finden könnt. Das würde alles so viel leichter machen.«

»War das alles, mein Herr?«, mischte sich der Rektor mit zitternder Stimme ein. Der Antennenwels sah die Jungen an, nickte und verschwand.

Gunnar und Luffe wechselten Blicke.

»Danke, Jungs«, sagte der Rektor. »Ihr könnt gehen.«

Gunnar und Søren trafen sich in der Kirche. Später am Nachmittag. Lars und Luffe saßen ganz hinten. Søren sagte zuerst, er wolle mit Gunnar allein reden. Gunnar stellte sofort klar, dass er hier die Bedingungen stellte.

Søren wurde lauter.
»Wir beide sind fertig miteinander, Gunnar Balstrup«, sagte er.
Gunnar nickte ruhig.
»Ja, du nickst, Gunnar«, rief Søren. »Du nickst. Im Moment bist du sehr stark, sehr stark. Aber ist dir klar, dass du einen Mörder in deiner Gruppe hast? Einen Mörder?«, schrie Søren und es hallte im ganzen Raum wider.
»Wo ist die Grenze, Søren«, fragte Gunnar ruhig, »zwischen dem, was du Mörder nennst, und dem, was der Rest Dänemarks als Freiheitskämpfer bezeichnet?«
Søren feuchtete sich die Lippen an. »Immer, seit dieser … dieser Otto Hvidemann …«
»Søren«, fiel Gunnar ihm ins Wort. »Dieser Otto Hvidemann hat dir wahrscheinlich vor ein paar Tagen das Leben gerettet.«
»Aber darum hat ihn doch niemand gebeten«, schrie Søren. »Und ich soll jetzt vielleicht auch noch dankbar sein? Ja? Soll ich zu den Baracken fahren und mich bei ihm bedanken?«
»Es würde wohl absolut ausreichen, wenn du dich damit begnügen könntest, dich fern zu halten«, sagte Gunnar ruhig.
Søren ging rückwärts zur Tür und starrte Gunnar an, der mit einer Hand in der Tasche am Taufbecken stand.
»Du sollst bloß wissen, Gunnar Balstrup, du sollst bloß wissen … hier in diesem Haus Gottes sollen alle wissen, dass ich in Zukunft, in den kommenden Jahren, Typen wie Otto Hvidemann keinen Fingerbreit weichen werde. Du scheinst etwas vergessen zu haben, Gunnar.«

»Und was habe ich vergessen?«
»Wer wir sind«, schrie Gunnar. »Ich schäme mich, wenn ich dich sehe.«
Søren machte drei Schritte auf Gunnar zu. Er kämpfte mit den Tränen. »Wenn ich ans letzte Jahr denke, als wir diese Gruppe gegründet haben. An unsere Gelöbnisse über Moral, Stolz und Ehre.«
Gunnar seufzte tief.
»Wo ist das jetzt, Gunnar? Alles zerfließt. Aber es kommt ein Tag, es kommt ein Tag, wenn der Krieg vorbei ist, an dem abgerechnet wird. Dann werden wir sehen, wo wir stehen. Schläfst du nachts ruhig, Gunnar?«
»Geh du zu deinen Freunden vom christlichen Jugendverband«, sagte Gunnar. »Da gehst du garantiert keinerlei Risiko ein. Aber ehe du gehst …« Gunnar trat rasch auf Søren zu. Der sah sich um; gerade hatten Lars und Luffe die Tür verstellt. »… brauchen wir dein Versprechen.«
»Mein Versprechen?« Søren schnaufte.
»Ja, dein Versprechen. Du musst versprechen deine Schweigepflicht einzuhalten.«
»Sag mal, was traust du mir zu? Wofür hältst du mich?«
Gunnar legte Søren eine Hand auf die Schulter. »Wir brauchen keine Feinde zu werden, Søren«, sagte er. »Ich habe noch immer Vertrauen zu dir.«
Søren sah zu Boden. »Wohin führt das, Gunnar?«, fragte er. »Wohin führt das?«
Gunnar legte ihm den Arm um die Schulter und führte ihn zum Vorraum und Lars öffnete die Tür. »Es führt dazu, dass wir wieder frei sind«, sagte Gunnar. »Dahin führt es.«

Søren sah erst Gunnar an, dann Lars und schließlich Luffe. »Mach's gut, Søren«, sagte Luffe freundlich und hob die Hand.
Søren holte Luft. »Okay«, flüsterte er. »Okay, aber … passt gut auf euch auf.«
Lars schloss hinter ihm die Tür.
Luffe schüttelte den Kopf. Er wollte nach Hause und lernen. Gunnar wartete, bis Luffe gegangen war, dann zog er einen Zettel aus der Tasche. Lars erkannte die Handschrift seines Vaters. Dort stand: »An Gunnar.« Auf der Rückseite des Zettels standen zwei Zeilen in Maschinenschrift: »Bald besucht Svend Hansen Pfarrhaus und Kirche.«
Lars sah Gunnar an. »Ist das ein Code?«
»Es ist ein anonymer Hinweis«, antwortete Gunnar. »Vermutlich geht's um Rosen.«
Lars betrachtete wieder das Papier. »Aber wer ist Svend Hansen?«, fragte er.
»Svend Hansen ist die Gestapo«, murmelte Gunnar und knüllte das Papier zusammen.

Ende des Monats tauchten die Deutschen auf und stellten Rosens kleines Zimmer auf den Kopf. Durchwühlten seine privaten Papiere, schnüffelten in seinen Büchern und fanden schließlich, in einem Buch über Bachs Leben und Werk, einen gelben Judenstern.
»Wissen Sie, wann Herr Rosen wieder nach Hause kommt?«, fragte Svend Hansen alias Antennenwels Propst Balstrup. Lars und Gunnar saßen mit der Mutter im Esszimmer.

»Ich glaube, übermorgen«, antwortete der Propst kurz.
»Und Sie haben keine Ahnung, was er vorhatte? Oder wohin er wollte?«
»Hat mein Organist etwas verbrochen?«, fragte der Propst.
Der Gestapomann sah sich im Zimmer um und streifte mit dem Blick, vielleicht zufällig, Lars und Gunnar.
»Wir möchten gern mit ihm sprechen, unter anderem über den Einbruch im Depot«, sagte der Antennenwels leise.
»Rosen?«, fragte der Propst ungläubig. »Und ein Einbruch?«
»Ja, man erlebt jeden Tag Überraschungen«, sagte der Gestapomann und nickte Frau Balstrup zu, ehe er mit seinen Leuten ging.
Tatsache war, dass Rosen draußen in einer Kate saß und zwischen fünf Kindern und zwei Hunden wartete.
Der Propst und Gunnar fuhren zu ihm hinaus und kehrten nach drei Stunden zurück.
»Er fährt am Dienstag nach Kopenhagen«, sagte der Propst in der Diele, wo Lars und die Mutter standen.
Gunnar ging auf sein Zimmer.
Die Mutter weinte und sagte: »Das bringt ihnen nun ihre Sabotage. Der arme kleine Rosen.«
Der Vater schüttelte traurig den Kopf, während Lars seiner Mutter in die Küche folgte.
»Das stimmt nicht«, sagte er fest.
»Was stimmt nicht? Lars, ich habe es eilig, wir haben morgen Gemeinderat.«

»Es stimmt nicht, was du da gesagt hast. Das musst du verstehen. Verstehen, Mutter.«

»Was redest du denn da, Kind?«

»Es ist nicht ... die Schuld der Saboteure, dass die Gestapo Rosen sucht.«

»Nicht?«

»Nein! Ist es nicht. Das ist nur der Vorwand, den sie dafür gebrauchen. Auf diese Weise bringen sie die Leute dazu, Juden und Saboteure zu hassen. Und ich ertrag es einfach nicht, wenn du auf ihre Propaganda hereinfällst.«

»Ich weiß nur, dass wir Rosen verlieren.« Sie umarmte ihn und küsste ihn auf die Stirn und Lars dachte, dass natürlich ihre Urteilskraft nicht beschädigt sei, aber wenn die Methode im großen Deutschland wirkte, warum dann nicht auch in Dänemark?

»Ich hasse sie«, flüsterte Lars in ihre Haare.

»Ja«, sagte sie und wischte sich die Augen. »Hol sie der Teufel!«

Sie lächelten sich an.

14. Kapitel

Lange sah er aus dem Heckfenster des Busses, wo die Stadt langsam kleiner und zu der vertrauten Postkarte mit der Kirche in der Mitte wurde. Der Fähranleger war knapp zwei Kilometer entfernt.

Vor ihm saßen Gunnar, der Vater und Rosen. In ihren besten Anzügen. Sie sahen aus wie drei Leichenbestatter und ein witziges Trio von tiefernsten Komikern in einer französischen Komödie, die irgendwo am Montmartre spielt. Das Bestattungsunternehmen, wo Gunnar jeden Tag am Tresen steht und wo der Propst und der Organist den eleganten, von sechs Rappen gezogenen Leichenwagen fahren, liegt direkt neben einem Bordell. Manchmal verwechseln die Kunden bei Nacht und Nebel die Türen und es kommt vor, dass die Leichenbestatter ihre Masken fallen lassen, und alles dreht sich um Gunnars Verliebtheit in ein Mädchen von der Straße und die Tatsache, dass seine Mutter eigentlich Madame Rose heißt und Bestattungsunternehmen und Bordell gemeinsame Kasse machen. So könnte man das alles sehen. Die Dinge von sich abhalten und versuchen irgendwie weiterzuleben. Lars beschloss, dass er die Pariser Komödie besser fand als das, was jetzt anlag. Er betrachtete den Nacken des Organisten, dessen kleine schwarze Locken geschnitten werden müssten. Er war nie ungepflegt, aber immer ein bisschen vernachlässigt. Seine rechte Hand lag auf der Armlehne. Lange schlanke Finger. In denen Töne wohnten. Perlend hohe und so tiefe, dass die Gemeinde sich krümmte. Der Vater hatte einmal gesagt: »Ich habe immer davon geträumt, in einer hohen, schmalen Kathedrale zu predigen. Ich liebe die dänischen Kirchen, aber einmal in so einem hohen dünnen Turm stehen, der Furcht einflößend in den Himmel ragt, das würde mir nichts ausmachen.«

»Wir bauen Ihnen einen, Balstrup«, hatte Rosen geantwortet. »Nächsten Sonntag ist er fertig.« Und am folgenden Sonntag hatte er ein Präludium komponiert, das den Raum verwandelte, die Decke hob und sich wie ein Loch in Gottes eigenen Himmel setzte, so dass der Propst kaum noch auf die Kanzel steigen musste.

Der Abschied von ihm zu Hause hatte einer Groteske geähnelt. Statt zu weinen hatte die Mutter sich fieberhaft und exaltiert aufgeführt. Fahrig und laut. Rosen war wie immer.

»Ja, solch ein Glück, nach Schweden zu fahren, wo es keinen Fliegeralarm und keine deutschen Soldaten gibt«, sagte die Mutter und verdrehte die Augen. Als ob Rosen vierzehn Tage Ferien machen wollte.

Der Organist nickte nur und sah sich diskret im Zimmer um, das so viele Jahre lang sein Zuhause gewesen war. Dieser Blick war nicht misszuverstehen. Er würde es nie wieder sehen. Er sah die Möbel an, die hohe Standuhr, die Truhe, den Schreibtisch und die schönen Bilder, als ob er alles ein letztes Mal seinem Gedächtnis einprägen wollte. Als er sich umdrehte, war ein Licht ausgegangen. Ein stilles Leben war eingekapselt, umorganisiert. Geschlossen und beendet. Der Vater hatte einen neuen Organisten eingestellt, der sofort anfangen wollte.

Die Mutter hatte ihm auch die üblichen Phrasen über eifrigen Briefwechsel nicht erspart, als Rosen in der Diele drei Tanzschritte machte. Sie starrten ihn an.

»Ja, plötzlich ist man doch wichtig geworden«, sagte er.

»Das waren Sie doch immer schon«, sagte Gunnar leise.

Der Organist drehte sich auf dem Bussitz um und sah Lars an.

»Kopenhagen ist eine schöne Stadt«, sagte er. »Darf ich deine Hand sehen, junger Mann?«
Lars lächelte und reichte ihm seine Hand, die der Organist ernsthaft musterte. »Ja, das hätte man sich ja denken können.«
Rosen schloss die Hand, drehte sie dann aber um und machte daraus eine Faust, während er mit dem Zeigefinger über die harten Fingerknöchel fuhr.
»Das ist ... die andere Seite des Lebens«, sagte er leise.
Draußen konnte Lars die kleine Fähre zum Anleger gleiten sehen. Sie tutete zweimal kurz.
Sie stehen am Kai. Der Propst und Rosen reichen sich die Hand. Alle vier Hände werden lange und gut geschüttelt.
»Ja, es ist so, wie es ist«, murmelt der Propst.
Gunnar schweigt. Er ist jetzt der kleine Gunnar. Der, der ein schlechtes Gewissen bekam, wenn es an seinem Geburtstag regnete. Er umarmt den einen Kopf kleineren Rosen.
»Dass ich dich mal auf dem Arm halten konnte«, sagt Rosen.
»Passen Sie gut auf sich auf und kommen Sie bald wieder.« Gunnar stellt sich neben seinen Vater. Mit einer Hand vor der anderen, beide hängen schlaff vor seinem Bauch.
Vollkommen ähnlich, Vater und Sohn. Der Organist wendet sich Lars zu. »Jetzt will ich über das Leben nachdenken«, lächelt er. »Das sollte man manchmal tun. Vielleicht ... ich habe mich immer ein bisschen davor gefürchtet. Die Kirchenmusik hat nicht viel mit der Wirklichkeit zu tun.«

Lars zuckt mit den Schultern. Er möchte gern so viel sagen.
»… und vielleicht ist es falsch, nur per Brief zu lieben.« Rosen blickt über das Wasser. »Aber jetzt bin ich ein Flüchtling, Lars. Und du … du musst hier bleiben, es ist dein Land und dein Kampf.«
»Es ist auch Ihr Land«, sagt Lars.
»Mein Land? Nein, mein Land ist China und China existiert nur hier oben.« Rosen zeigt sich auf die Schläfe. »Aber das Leben, Lars …« Rosen sieht Lars ernst an. »Das Leben ist wert dafür zu kämpfen.«
Lars nickt.
Bald danach ist Philip Rosen an Bord gegangen. Die Fähre tutet und legt ab. Der Bus fährt sie zurück in die Stadt. Im Pfarrhaus hat die Mutter den Teetisch gedeckt. Sie sitzen im Esszimmer und können die Uhr die Zeit in kleine Scheiben schneiden hören. Der Vater räuspert sich und die Mutter sagt irgendetwas über einen Film mit Poul Reumert und Marguerite Viby. Gunnar schweigt und bald geht Lars in sein Zimmer. Als er die Tür öffnet, hört er, dass sie jetzt über die Apfelernte reden.
»Leb wohl, Rosen«, flüstert Lars und blickt in den Garten, wo der Herbstnebel zwischen den Stauden hängt. »Und adieu, Nina.«
Es ist bald halb vier. Die deutschen Blaskapellen werden lauter und lauter. Steigern sich, füllen aus und durchdringen alle Ritzen. Stiefel trampeln durch die Østergade, als sei das das Natürlichste auf der Welt. Auf der Fähre sitzt Philip Rosen mit seinem kleinen braunen Koffer auf

dem Schoß. Und er hat ein schreckliches schwarzes Loch hinterlassen, einen unerträglichen Verlust.

15. Kapitel

Sie saßen ganz oben in der dunklen Brauerei, tranken aus blanken Metalleimern schäumendes Bier. Lars taten die Arme weh, während es sich in seinem Kopf drehte. Er sah das Gewehr an, das zwischen ihnen lag. Es sah anders aus, seit Otto das Zielfernrohr montiert hatte. Die Waffe hatte ihre Ehrlichkeit verloren. Verdeckt, lichtscheu und vor allem gefährlich hatte sie sich zwischen sie gelegt.

»... immer Waffen zwischen uns, Otto«, murmelte er träge.

Otto sah ihn rasch an.

Ich bin betrunken, dachte Lars. Betrunken und dumm. Hoffentlich ist Rosen jetzt auch betrunken. Vielleicht tanzt er in Kopenhagen, vielleicht ist er mit Gleichgesinnten zusammen, die sich an den Händen fassen, in einem wütenden Reigen lachen sie unter Tränen, Trauer und Bitterkeit. Wenn er bloß keine Dummheit begeht!

Ob Otto Hvidemann auch berauscht war? Oder nur nüchtern?

Es war eine Etappe im steigenden Rausch. Diese zynische, nackte Nüchternheit. Hautlos steht man sich selber gegenüber. Er ist der kleine, unsichere Zwerg, der im Schutz der Dunkelheit bestimmte heilige Quellen in ihrem Revier aufsucht. Sie in sich aufsaugt. Aufleckt. In aller Heimlichkeit. Heimlich hält er sie im Blick, auf dem Schulhof, auf der Hauptstraße, sogar im Pfarrhaus. Sein Leben weist plötzlich ein Zielfernrohr auf. Einst war er kess, mutig, frech und offen, wenn sie sich zufällig begegneten. Seine Antworten trafen wie Geschosse. Heute ist er wie ein waidwundes Tier geflohen, als sie sich gesehen haben. Lichtscheu, verdeckt und unehrlich.

»Dein Vater, Otto, er hat hier gearbeitet. Aber woran ist er gestorben?«

Otto stellte den Eimer ab und wischte sich den Mund mit dem Ärmel.

»Woran er gestorben ist?«

»War er krank?«

»Nein. Er wurde erschossen.«

Draußen ist Herbst. Der unverkennbare Mollton hat eingesetzt. Die Partitur steht am Himmel. Lars spürt einen kalten Hauch von Nüchternheit und ein kleines, ohnmächtiges Gefühl von tiefer Einsamkeit.

»Er war in Spanien«, sagte Otto leise. »Hat gegen Franco gekämpft.«

Lars nickte verständnisvoll, verstand aber nichts.

Die Unwirklichkeit, dachte er. Man darf die Unwirklichkeit nicht mit solchen Informationen stören. Ein Mann verlässt Dänemark, lässt Frau und Kinder zurück, reist über Tausende von Kilometern zu einem fremden Volk, um Seite an Seite, Schulter an Schulter mit seinen Meinungsgenossen, seinen Kameraden zu kämpfen. Das steht in den Geschichtsbüchern. Im Laufe der Zeit mit immer kleineren Buchstaben, und eines Tages wird es verschwunden sein. Genau wie Ottos Vater. Für die Geschichte ist nur wichtig, dass Franco gewonnen hat.

»Dein Vater ist im Bürgerkrieg erschossen worden«, murmelte Lars vor sich selber hin.

»Wir haben den Brief an dem Tag bekommen, als meine kleine Schwester geboren wurde.« Ottos Blick wurde fern, fast verträumt. »Er war auf Spanisch. Wir konnten kein Spanisch. Wir kannten auch niemanden, der Spanisch konnte. Aber die Hebamme kannte eine Frau, die Latein konnte. Wir sind alle mit dem Bus zu ihr gefahren. Meine Mutter saß mit dem Baby bei dieser Frau auf dem Sofa. Wir anderen standen an der Wand. Wir hatten seit einem halben Jahr nichts von meinem Vater gehört. Die Frau konnte den Brief nicht sehr gut übersetzen, aber sie konnte doch verstehen, dass mein Vater tot war. Sie sagte: Ich glaube, diese Botschaft können alle Menschen in jeder Sprache lesen und verstehen, Frau Hvidemann.«

Lars schloss die Augen und lehnte den Kopf an die Wand. »Und dann, Otto?«, fragte er leise.

»Dann sind wir mit dem Bus nach Hause gefahren.«

Lars sah ihm in die Augen. »Du bist mein bester Freund«, sagte er.

Otto sah ihn überrascht an. Lars nickte. Ein langer, fast gedehnter Augenblick verstrich, dann tauchte Ottos seltenes Lächeln auf. Der Bruch in Ottos düsterem Blick. Wie die Sonne, wenn sie kurz, ohne Vorankündigung, für einen Moment die Wolkendecke sprengt. Man fühlt sich dankbar.

»Ich wäre sehr stolz«, hörte Lars sich selber sagen. Otto betrachtete seine Hände. Lars murmelte etwas über Philip Rosen. Aus irgendeinem Grund schien das Otto nicht zu interessieren. Am Ende gab es nur noch Schweigen. Die Brauerei hatte ihre eigenen Geräusche. Aber Lars fühlte sich von dieser neuen undurchdringlichen Einsamkeit eingekapselt.
»Otto«, sagte er. »Warst du schon mal verliebt?«
Otto starrte ihn ungläubig an. Aber dann lächelte er breit, als ob Lars etwas Freches gesagt hätte. »In ein Mädchen?«
»Ja, sicher, in ein Mädchen«, seufzte Lars und dachte, es habe keinen Sinn, immer wieder diesen armen Jungen, der offenbar auf einem anderen Planeten geboren war, mit seiner eigenen Welt zu behelligen.
»Einmal, glaube ich.«
Lars starrte ihn an. Warum musste er den Leuten immer den Boden unter den Füßen wegziehen?
»Stimmt das, Otto? Ich meine … verliebt?«
Otto überlegte lange. »In meine Kusine. Wir waren bei der Tierschau. Es hat eine halbe Stunde gedauert.«
Lars rückte näher an Otto heran und legte ihm den Arm um die Schulter.
»Man verliebt sich doch nicht für eine halbe Stunde, du Dussel.«
»Ich wohl.«
Lars ließ ihn los. »Okay, und was ist dann passiert?«
»Nichts. Sie wollte küssen. Das wollte ich nicht.«
Lars nickte und fragte sich, warum er immer nickte, wo er doch nicht begriff, was da gesagt wurde.

»Ich bin verliebt«, sagte er ganz schlicht.
Otto hob das Gewehr hoch.
»Hörst du zu, Otto Hvidemann? Ich bin verliebt. Jetzt, immer, rund um die Uhr. Sie brennt in mir.«
Otto starrte durch das Zielfernrohr.
»Und ich weiß nicht mehr aus noch ein. Das Ganze gerät mir aus dem Griff. Ich denke dauernd an sie und außerdem ist es ein Geheimnis.«
»Hast du Lust, sie zu erschießen?«
Lars hatte das Gefühl, seinen Kopf aus einem tiefen Brunnen zu stecken. Von unten hörte er Otto rufen: »Hast du Lust, sie zu erschießen?« Aber was in aller Welt machte er da unten im Brunnen? Sich verstecken, natürlich.
»Sie zu erschießen? Sag mal, bist du total verrückt, Hvidemann?« Aber sicher. Man könnte sie immerhin erschießen. Und sich selber gleich dazu.
»Ich liebe sie. Und man erschießt nicht die, die man liebt, Otto.«
»Weißt du, woher der Cognac kommt?«
Lars breitete die Arme aus. »Warum kannst du dich nicht wie alle anderen Menschen unterhalten, Otto?« Seine Stimme klang fast ärgerlich. »Könntest du nicht, nur so ab und zu, reden … mit mir reden? Mir antworten ohne plötzlich völligen Blödsinn zu reden. Was für Cognac?«
»Der bei uns zu Hause.«
Lars wartete. Otto sah ihn mit seltsamem Lächeln an. Es war kein frohes Lächeln.
»Okay, erzähl mir, woher der kommt«, seufzte Lars gleichgültig.

Otto stand auf. »Komm«, sagte er. »Wir machen einen kleinen Spaziergang.«

Lars wies darauf hin, dass sie nicht mit einem Gewehr unter dem Arm durch die Stadt latschen konnten.

»Im Schatten«, flüsterte Otto und war einfach nicht er selber.

Das Haus war groß, weiß und sehr schön. Eine pompöse Villa im besten Stadtviertel. Vor der breiten Treppe standen mindestens zwanzig Limousinen. Dänische und deutsche. Vor der Eingangstür hatte sich der Wachtposten eine Zigarette angezündet. Leise Tanzmusik erklang. Otto kannte sich aus und führte Lars in den Hintergarten, wo es einen Anbau mit flachem Dach gab. Er hob eine Leiter vom Boden auf und Lars rannte zu ihm hinüber.

»Was zum Teufel machen wir hier?«, flüsterte er und fröstelte.

Otto zeigte auf die Fenster. Im Erdgeschoss der Villa war eine größere Gesellschaft zu sehen. Deutsche Soldaten, genauer gesagt Offiziere. Schwarze Gestapomänner und festlich gekleidete schöne Frauen. Sie amüsierten sich, flirteten, tanzten und tranken.

»Feldmatratzen«, murmelte Lars und sah Otto durchs Zielfernrohr starren.

»Ich schlage vor, wir gehen, Otto.«

»Willst du ... sehen?«

Otto reichte ihm das Gewehr ohne die Villa aus dem Blick zu lassen.

»Ehrlich gesagt«, begann Lars und starrte widerwillig auf die Gesellschaft, die ihm plötzlich sehr nahe gerückt war.

Er konnte sie fast riechen. Flaschen, Gläser, Wermut, Whisky, Gin und Cognac. Ein Offizier mit Rouge auf den Wangen, das Ohrläppchen einer schönen Frau. Ein Goldzahn hinten in der Mundhöhle. Eine Perlenkette in einem tiefen Ausschnitt. Eine behaarte Warze an einem dicken Hals. Stirnen, Wangen, Münder, Waden, Knie, Finger, Zungen, Nasenlöcher, Uniformen, Nazi-Embleme. Ein schwarzer Arm schlingt sich um eine schmale Taille. Im Tanz. Ein gebieterisches Rucken und ein Kuss auf den Hals der Frau. Sie lacht und wirbelt herum, lächelt und gleitet in die Umarmung des Mannes. Ottos Mutter. Lars lässt das Gewehr sinken. Starrt vor sich hin. Jetzt ist das Fest in angenehme Entfernung gerückt. Die Geräusche scheinen zurückzukehren. Die Geräusche von Lachen und Musik. Lars ist gerade an die Oberfläche gekommen. Im tiefen Wasser hat er etwas gesehen, was er nicht hätte sehen sollen. Etwas, das er am liebsten vergessen möchte. Noch ein Geheimnis.
»Jetzt gehen wir, Otto«, sagte er leise.
»Daher kriegen wir den Schnaps«, murmelt Otto. Und legt das Gewehr an die Wange.
»Zum Teufel, Otto. Das ist es nicht wert, Mann. Kannst du nicht ausnahmsweise mal auf andere hören?«
Der Schuss zerfetzt die Nacht. Das Fenster zersplittert. Glassplitter wirbeln durch das gelbe Licht. Die Musik eines Grammofons verstummt. Irgendwer schreit. Eine laute Alarmklingel schrillt. Panik.
Lars rennt hinter Otto her, der das Gelände kennt, sich wie eine Katze bewegt. Durch Gassen, Tore, düstere Schluchten in der nächtlich leeren Stadt.

Sie stehen im Schatten auf dem Marktplatz. Atmen auf. Seltsam leere Hände haben sie. Ottos Blick flackert. Lars sucht die richtigen Worte. Er möchte gern sagen: Otto, nimm es nicht so schwer. Herrgott, deine Mutter ist noch jung und schön. Sie hat doch auch ein Recht auf ein wenig Luxus in ihrem Leben.
Aber stattdessen sagt er: »Ich bin verliebt in Irene. Gunnars … Freundin. Das ist ein Geheimnis … und eine Katastrophe.«
Die Worte scheinen Otto in die Wirklichkeit zurückzuholen. Er sieht Lars an, als ob er diese Mitteilung einfach nur registrierte. Bald darauf ist er verschwunden. Lars sieht ihn verschwinden, wie ein Phantom.
Lars liegt in seinem Bett. Ich habe es Otto erzählt, denkt er. Ich habe mich ihm anvertraut. Aber weder Irene noch Rosen haben ihn interessiert. Erst dann entdeckte er den Zettel unter dem Kopfkissen. Darauf stand ganz kurz: Der Antennenwels war hier. G.

16. Kapitel

Für einen Moment blieb er vor der Tür seines Bruders stehen und horchte. Dann klopfte er an. Es war kurz nach Mitternacht. Lars öffnete die Tür einen Spaltbreit. Gunnar saß an seinem aufgeräumten Schreibtisch, auf dem ein handgeschriebener Brief, ein Füller und eine Maiskolbenpfeife lagen.
»Komm rein.«

Seine Stimme klang müde, aber freundlich.
Lars setzte sich in den tiefen Sessel in der Ecke. Den Sessel, in dem Gunnar studieren sollte. Der Sessel, der ihn zum Theologen machen würde. Ein massives Erbstück von fünfzig Kilo.
»Was wollte er? Der Antennenwels?«
Gunnar ließ seinen Blick von Lars zum Brief wandern, dann legte er ihn vorsichtig, fast zärtlich in eine Schublade.
»Schnüffeln ...«
»Aber Rosen ...«
»Es geht nicht um Rosen. Sie wissen, dass Rosen weg ist. Nein, es geht um uns.«
»Um uns?«
Gunnar lehnte sich zurück. »Ich weiß es nicht sicher, vielleicht ist es nur eine Vermutung, aber das ist doch wohl ihre Aufgabe. Die Gestapo war ja in der Schule. Es ist wohl nicht so schwer, eine Liste über die zu machen, die in Frage kommen. Ich persönlich würde nach der Eliminierungsmethode vorgehen.«
Lars stand auf und setzte sich auf die Schreibtischkante.
»Falls uns nicht jemand verpfiffen hat«, fuhr Gunnar ruhig fort.
»Denkst du an Søren?«
»Søren sagt nichts. Auf den ist Verlass.«
»Und was ist mit Studienrat Junkersen?«
Gunnar seufzte und hob die Beine. »Vielleicht«, sagte er. »Möglicherweise.«
Lars ging durch das Zimmer. Sah sich die in Leder gebundenen Bücher an. Die Bundeslade. Alles stand bereit.

Gunnar senkte die Beine wieder, als Lars sagte: »Aber sie können doch nichts beweisen?«
»Beweisen? Du musst ja sehr naiv sein. Die Gestapo interessiert sich nicht für Beweise. Die verurteilen dich auf reinen Verdacht hin. Abgesehen davon, dass alle singen, wenn sie erst ihre Eisenwaren hervorholen.«
»Wie meinst du das?«
»Die reißen dir die Nägel aus. Und drücken ihre Kippen auf deiner bloßen Haut aus. Halten die Leute tagelang wach. Bombardieren sie mit Fragen. Am Ende würdest du alles zugeben, wenn sie dann nur aufhörten. Wenn sie wollen, gestehst du, dass du in Berlin unter Adolf Hitler eine Bombe gelegt und dass du Görings Pfannkuchen mit Strychnin und Mussolinis Kaffee mit Bladan vergiftet hast.«
Lars lächelte, wurde dann aber schnell wieder ernst. Gunnar scherzte nicht. Er meinte jedes Wort. Das hatte ihn aber offenbar nicht besänftigt. Eher im Gegenteil. Obwohl er meinte, sie sollten eine kleine Pause einlegen. Und er erwartete, dass Lars Otto informieren würde.
»Ja, aber wir hören doch wohl nicht ganz auf«, murmelte Lars und machte sich an den Büchern im Regal zu schaffen.
Gunnar zündete sich seine Maiskolbenpfeife an. »Nein«, sagte er fest. »Wir hören nicht auf, wir werden nie aufhören. Unsere Flöten soll man in der ganzen Stadt hören. Aber wir warten. Wir warten auf unseren Zug.«
Lars nickte schwer und wollte schon gehen, als Gunnar sagte: »Lars! Ich möchte gern mit dir sprechen. Ja, über etwas ... anderes.«

Lars blieb mit der Hand auf der Klinke stehen. Jetzt fängt das Verhör an, dachte er. Jetzt muss es heraus. Weg mit den Klamotten. Unter die Lampe. Hände auf den Tisch. Klar und deutlich antworten. Er setzte sich in den Sessel. Gunnar sah ihn nicht an, wirkte aber unruhig.
»Ja, du bist gewissermaßen der, den ich am besten kenne«, sagte er. »Ich weiß nicht, aber damals, als du mit Kirsten zusammen warst ...«
»Ich war nicht mit ihr zusammen, nicht richtig.«
»Nein, aber warst du in sie verliebt?«
»Ja, das war ich wohl.«
»Würdest du das ... Liebe nennen?«
Lars gab keine Antwort. Er wäre am liebsten weggelaufen. Weit weg. Das Zimmer schrumpfte. Jetzt war es ernst. Jetzt tat es weh.
»Nein, würde ich nicht. Warum?«
»Weil ... na ja. Aber bist du denn je richtig, ernsthaft verliebt gewesen?«
Lars antwortete, das sei schwer zu sagen.
Gunnar schüttelte den Kopf und sagte zu sich selber: »Nein, man weiß es ganz sicher, im tiefsten Herzen. Es kocht und du bist glücklich und im nächsten Moment ...«
Gunnar zog die oberste Schublade auf und legte den Brief auf den Tisch. Lars murmelte etwas über die späte Stunde.
»Ich habe ihn schon tausendmal neu geschrieben«, sagte Gunnar. »Er liegt schon seit Wochen hier. Ich habe ihn einfach nicht schicken können.«
Jetzt sah er Lars direkt an. Sein Blick war verwirrt. Der unglückliche Engel. So unnötig, dachte Lars, und verdammt ungerecht.

»Zuerst war die Sache mit der Verlobung, bei der Regatta.«

»Gunnar …«

»Sie hat sie immer wieder aufgeschoben. Hat mich hingehalten. Ich habe mir selber gesagt, dass das so nicht weitergehen kann. Ich wollte eine richtige Antwort von ihr. Irene ist doch ein ehrliches Mädchen. Aber ich habe selber Zeit geschunden. Habe mich nicht getraut direkt zu fragen. Wusste im Grunde, dass ich sie … nicht entbehren könnte … kann.«

Lars sah seinen Bruder an, der seine Faust auf den Brief gelegt hatte.

»Das brauchst du doch auch nicht, Gunnar«, murmelte Lars.

Gunnar sah ihn an. Fast dankbar.

»Das Problem ist«, flüsterte er unglücklich, »dass sie vielleicht, ich weiß es nicht, dass sie vielleicht einen anderen kennen gelernt hat. Ich habe so ein Gefühl. Vielleicht will sie nur abwarten. Alles das … das alles habe ich in dem Brief geschrieben. Ich weiß nicht, ob ich mich schlecht ausgedrückt habe. Ich dachte, du würdest ihn vielleicht lesen?«

Lars sah ihm voll in die Augen. Und schüttelte den Kopf.

»Nein, Gunnar«, flüsterte er. »Das ist dein Brief. Nur deiner.«

»Aber …«

»Und außerdem muss ich dir etwas erzählen. Etwas … das ich vor dir geheim gehalten habe. Viel zu lange.«

Gunnar zeigte ein kleines ungläubiges Lächeln. Als ob

er sich unmöglich vorstellen könnte, dass Lars – sein leiblicher kleiner Bruder – jemals etwas Schlimmes tun könnte.

»Na, und was?«

Lars sah an die Decke und holte tief Luft, als an die Tür geklopft wurde. Gunnar erhob sich schwer und öffnete. Draußen stand ihr Vater in seiner Hausjacke.

»Ich habe Licht gesehen«, sagte er und nickte Lars zu.

Er bekam den besten Sessel.

Lars dachte, dass es vielleicht das erste Mal war, dass sie drei zusammen allein waren. Vor allem so spät. Dass der Vater nach Mitternacht überhaupt noch wach war, war eine Seltenheit.

»Ja, die Gestapo war ja heute hier«, begann er. Es war deutlich, dass ihm nicht wohl zumute war. »Mutter und ich dachten, es ginge um Philip Rosen. Aber dieser ... Svend Hansen hatte ein paar Zeitungen mitgebracht. Mit Artikeln über Sabotage ... hier in der Stadt. Er sagte, er würde die unschuldigen Dänen gern beschützen, aber das ginge nicht ohne Kooperationsbereitschaft. Ich habe keine Ahnung, was er sich dabei gedacht hat, er ist ein seltsamer Mann, aber als er wieder weg war, bin ich auf den Boden gegangen. Ja, ich habe ja eure Flaggen und Embleme gesehen, aber dabei ist es nicht geblieben, oder, Gunnar?«

Gunnar senkte den Blick.

»Plötzlich ist mir ein entsetzlicher Gedanke gekommen. Fast wie eine Vision.« Der Vater steckte die Hand in die Tasche und legte die Luger auf den Schreibtisch. Da lag sie. Demonstrativ. Indiskutabel. Und ihre Wurzeln reichten zurück bis zum Pavillon im Wald. Und bis zu Otto Hvidemann aus der Ziegelei.

»Was in aller Welt passiert hier?«, fragte der Vater und starrte Gunnar an.

»Das … kann ich dir nicht erzählen«, antwortete Gunnar knapp.

Der Vater starrte Lars an, aber wandte sich dann gleich wieder an Gunnar. »Seid ihr denn wahnsinnig geworden? Wisst ihr, was ihr riskiert? Antworte mir, Gunnar.«

»Ja. Wir kennen … das Risiko.«

»Tut ihr das? Tut ihr das, Gunnar? Versteh mich nicht falsch; ich verabscheue die Deutschen und den Nationalsozialismus. Das machen wir alle.«

»Ach, Junkersen und noch andere«, begann Lars.

Hart fiel der Vater ihm ins Wort: »Solche Leute wird es immer geben, auch im Frieden, ich rede von uns anderen, vom durchschnittlichen Dänen, der durchschnittlichen Dänin, die Nazi-Deutschland hassen und verachten. Deshalb ist Krieg. England und Frankreich führen Krieg. Aber mit Soldaten. Das ist nun einmal das Los des Soldaten. Und eines Tages hört dieser Wahnsinn auf. Gunnar, sieh mich an, du kannst weder Rommel noch Göring aufhalten.«

»Es geht um unsere Freiheit«, sagte Gunnar leise.

»Ja«, rief der Vater, der sonst nie seine Stimme hob. »Um eure Freiheit und euer Leben.«

Sie sahen sich an.

»Du musst mir dein Versprechen geben, Gunnar. Dass ihr von heute an alles einstellt, jede Form von …«

»Das bekommst du nicht.«

»Was sagst du da?«
»Ich sage, dass du dieses Versprechen nicht bekommen kannst, Vater.«
Das letzte Wort wurde voller Reue und Sanftheit gesagt.
Der Vater legte die Hand auf die Stirn und schloss die Augen.
»Vielleicht bin ich nur egoistisch«, murmelte er. »Aber warum ausgerechnet ihr?«
»Irgendwer muss doch anfangen«, sagte Lars.
»Du meinst ... irgendwer muss sich opfern?«
Lars senkte den Blick. Im tiefsten Herzen gab er dem Vater und Gunnar Recht. Gunnar nahm die Luger. Legte sie in die Schublade. Zu dem Brief.
Der Vater ging zur Tür. Er sah sie ernst, aber liebevoll an. Dann nickte er schwer und war verschwunden.
Sie schwiegen lange, dann sagte Gunnar: »Er tut mir Leid.«
Lars sagte: »Ich bin müde«, dann öffnete er die Tür zum dunklen Flur.
»Lars!«
Gunnar folgte ihm. Legte ihm sanft die Hand auf die Schulter.
»Du wolltest mir etwas erzählen?«
Lars nickte und fing an rückwärts zu seinem Zimmer zu gehen.
»Na ja«, sagte er. »Es ging um Ottos Mutter. Sie ist eine Feldmatratze.«

17. Kapitel

Winter 1942

Der erste Schnee fiel wie bestellt Anfang Dezember. Die Stadt verpackte sich und wickelte sich um die weiß bestäubte Kirche. Alle hatten sich auf den Weihnachtsmonat gefreut und fühlten sich wohl in der Gemeinschaft. Die Leute zogen ihre Strohschuhe an, banden Bindfäden um ihre Wollmäntel und isolierten mit der Zeitung. Im Gymnasium zündete der Rektor in der großen Aula die Kerzen am Baum an.

Es war eine Tradition und in dieser Zeit war sie auch nötig.

Lars hatte eine neue Seite seiner selbst entdeckt, genauer gesagt zwei. Als ob es nur diese beiden gäbe. Zwei einander zugewandte Profile. Einen Januskopf, unberechenbar, sogar für ihn selber.

»Ich selber«, flüsterte er in seinem kalten Zimmer, »muss der Wille sein, der sie lenkt. Meine beiden Gesichter. Meine beiden Stimmen. Angst und Wagemut. Überlegung und blinde Tollkühnheit. Liebe und Hass.« Über dieser unzulänglichen Landschaft hing das Gewissen wie ein Raubvogel, der überall zuschlagen konnte. Ihn hacken und stechen, quälen und plagen.

Vielleicht fuhr er deshalb immer öfter zu den Baracken bei der Ziegelei, wo ein Tag wie der andere war, wo Otto und seine routinemäßigen Aufgaben Lars eine Art Ordnung im Leben lieferten. Einen Kurs nach Otto Hvidemanns privatem Sextanten. Oder vielleicht segelte er nach seinem eigenen Kurs, gelenkt von einem Sternenhimmel, den Lars niemals sehen, geschweige denn verstehen würde. Aber er bot einen willkommenen Ruhepunkt.

Eine Windstille. Eine kurze Ruhe auf der Eisscholle, vor dem Wasserfall. Denn sie wussten es alle: Lars, Otto, Luffe, Gunnar und Åge. Es musste kommen. Wie ein Blitz aus heiterem Himmel. Sie hatten sich selber ein Ultimatum gesetzt, das unbegreiflich und dennoch definitiv zugleich war. Irrsinnig und notwendig, plapperten seine beiden Köpfe.

Zwischendurch trafen sie sich nur einige wenige Male. Und kaum je auf dem Dachboden. Der Schatten der Gestapo hing unleugbar über ihnen. Einige behaupteten, der Antennenwels habe die Stadt verlassen. Aber dann stand er plötzlich im Vorraum der Kirche, genau an dem Nachmittag, an dem Lars und Gunnar an den Bänken neue Talgkerzen aufgestellt hatten. Sie hatten die Hände voller Kerzenstummel und kamen sich fast vor wie auf frischer Tat ertappt. Svend Hansen war ein Meister der Andeutungen. Ein Mann mit vielen Masken. Ein Mann, der im Laufe der Zeit seine knappe Mimik bis zur Meisterschaft gebracht hatte.

Was wäre aus ihm geworden, wenn nicht der Krieg gekommen wäre? Wer wäre er ohne Nazi-Emblem und schwarzen Hut? Wo wäre der Krieg ohne Antennenwelse?

Er hatte sie säuerlich angelächelt. Kaum die Lippen dabei gekräuselt. Vielleicht erforderte sie große Übung, diese Körperkontrolle. Vielleicht waren es gar nicht Hitlers

Ideen, das Schlachtfeld und der Gedanke an das Dritte Reich, die ihn ansprachen und aufreizten. Vielleicht war es seine Überraschung beim Anblick der Gesichter der anderen. Die Angst, die ihnen aus den Augen leuchtete. Die Macht, die Beherrschung, die Sentimentalität.

»Balstrup«, sagte er ruhig. »Ein vornehmer Familienname.«

Gunnar und Lars tauschten Blicke.

»Können wir Ihnen irgendwie behilflich sein?«

Gunnars Stimme klang bestimmt. Freundlich, aber nicht servil.

Der Antennenwels stellte sich vor sie. Sie waren gleich groß. Der Engel und der Henker. Ein ewiges Duo. Dieselbe Geschichte, immer wieder, durch die Jahrhunderte. Derselbe Refrain. Sie sahen sich in die Augen, wie zwei Duellanten in der Morgendämmerung. Sie wussten beide, dass sie Feinde waren und dass nichts … nichts auf dieser Welt diese Tatsache ändern könnte. Koste es, was es wolle. Svend Hansens Lippen wurden schmal. Er legte den Kopf leicht zurück und musterte Gunnar aus halb geschlossenen Augen.

»Du bist ja ein sehr begabter junger Mann, Gunnar Balstrup«, sagte er. »Ein Mann mit einer großen Zukunft. Wenn du willst. Ein Mann, auf den sein Land stolz sein kann. Fühlst du dich … als Däne, Gunnar Balstrup?«

»Ja«, antwortete Gunnar heiser. »Ich fühle mich als Däne.«

»Gut, gut, Gunnar. So gehört sich das. Reine Linien. Wir können es uns erlauben, stolz zu sein. Stolz darauf, der reinsten Rasse von allen anzugehören.«

Gunnar sah Lars kurz an.
»Es ist nur billig, dass wir um die endgültige Herrschaft kämpfen, wo wir doch das Herrenvolk sind. Was wir beweisbar sind, Gunnar. Sonst riskieren wir überrannt zu werden. Von Ratten. Schwarzen, gelben und roten. Sie vermehren sich, verbreiten sich, vermischen sich. Was soll dabei aus der reinen arischen Rasse werden? Wenn wir nichts unternehmen? Wenn wir nicht energisch mit dem Fuß aufstampfen?«
Der Gestapomann wirbelte erregt herum und fixierte Lars, der automatisch zusammenfuhr.
»Und Brüderchen, Lars Balstrup, welcher Überfluss. Welche Möglichkeiten. Zwei … Athleten, gute Köpfe. Ihr werdet gebraucht werden.«
Ganz leicht berührten die langen schlanken Finger des Gestapomannes den Stapel von Gesangbüchern in Lars' Arm. Vielleicht polierte er sich die Nägel, ehe er seine Opfer folterte. Die Tür wurde geöffnet. Ein atemloser Luffe kam mit breitem Lächeln herein, das aber beim Anblick des Antennenwelses, der ihn von Kopf bis Fuß musterte, sofort wieder verschwand. Der ließ seinen Blick von Luffe zu Lars wandern, dann kam er bei Gunnar zur Ruhe.
Irgendetwas passierte mit dem Nasenflügel des Mannes. Seine Augen nahmen einen metallischen Glanz an. Die Oberlippe verzog sich zu einer Schweineschnauze, die Nase weitete sich. Das Tier witterte die Beute. Er bleckte die Zähne, die verwahrlost und braun waren. Langsam ging er rückwärts zur Tür und nickte dabei.
»Kämpft für das, was ihr liebt, und sterbt, wenn nötig«,

sagte er leise und starrte Gunnar an, der den Blick abwandte.
Die Tür wurde geöffnet. Draußen war es düster und kalt. Ein blauer Schatten fiel in die Kirche.
»Ich finde«, sagte Svend Hansen fröhlich, »dass die Orgel hier in St. Petri jetzt besser klingt.«
Als er gegangen war, atmeten Gunnar und Lars auf. Sie rannten einer nach dem anderen lange um die ungleichen Holzstühle. Luffe wollte wissen, was dieser ganze Unfug zu bedeuten habe.
»Der Mann ist verrückt, total verrückt«, sagte Gunnar.
Lars stand auf.
»Er hat uns gewarnt«, sagte er.
»Warum sollte er das tun?«, fragte Luffe.
»Weil er diese Seite seines Drecksjobs genießt«, antwortete Lars irritiert. »Das ist doch klar, Gunnar. Sie haben uns im Visier.«
Gunnar nickte.
»Ja, sie haben uns im Visier.« Er betrachtete die vielen abgebrannten Talgkerzen. Sein Gesichtsausdruck war apathisch. Unpassend für einen Engel. Lars hatte ihn schon früher gesehen. Auf dem Schulhof, auf einer Bank, neben Irene. Sie trägt Handschuhe und eine Kapuze. Alles selbst gestrickt. Ihre Nase ist rot. Wolken stieben aus ihrem korallenroten Mund, wenn sie spricht. Sie lacht ausgelassen. Aber Gunnar sitzt nur apathisch da und hört ihr überhaupt nicht zu. Diese Szene wiederholt sich zu Hause, wo Irene immer noch zu Besuch kommt. Allerdings nicht mehr so oft wie früher. Die Familie geht davon aus, dass sie fürs Abitur lernt. Sie hat sich auch

verändert. Redet mit lauter, schriller Stimme und lacht zu oft. Meistens ohne Grund. Neben ihr sitzt Gunnar und er sieht fast erleichtert aus, wenn er sie zur Tür gebracht hat und ihr zum Abschied hinterherwinkt. Wir treiben auf dem trüben Ozean des Verschweigens, schreibt Lars in ein Aufsatzheft.

Luffe schnippt mit den Fingern.

»Am 22. Dezember«, sagt er.

Gunnar blickt auf. Lars legt die Gesangbücher auf eine Bank. Weit weg, jetzt von Schnee gedämpft, trampelt die deutsche Militärkapelle durch die Stadt.

»Das ist ein todsicherer Tipp. An dem Abend wird der Verkehr umdirigiert. Einzig und allein wegen dieses Transportes.«

Gunnar nickt und lächelt Lars kurz an.

»Wir haben neunzehn Tage.«

Auf Luffes kräftigen Zügen breitet sich ein erwartungsvolles Lächeln aus. Er ballt die Fäuste und lacht den ernsten Gunnar an, der sich erhebt ohne einen von ihnen anzusehen.

Als Lars nach dem Abendessen in sein Zimmer geht, wiederholt er leise diese Worte: »Wir haben neunzehn Tage.«

Im Wohnzimmer piepst und heult das Radio, als der Vater versucht BBC zu finden. Gunnar ist bei Luffe, die Planung hat begonnen. Morgen wird Lars Otto Hvidemann informieren und in fünf Tagen treffen sich alle fünf auf dem Boden.

Der Countdown hat begonnen.

Der Dachboden war wie schon so oft beleuchtet von den Kerzen der Kirche, die auf Sparren und Brettern standen und den ohnehin schon düsteren Raum noch verschatteter, bedrohlicher machten. Die Geräusche des Winters hatten sich jetzt festgebissen und bedeckten den Turm wie eine herbe Kruste, wo der Wind pfiff, dass Holzwerk und Sparren sangen. Gemeinsam bildeten sie einen Chor in Moll, einen klaren Winterton. Weg waren Plakate, Feldmützen und Wimpel. Das letzte Nummernschild war weggeworfen worden und da war es nur natürlich, auch die einst so festen Rituale fallen zu lassen. Man brauchte weder die norwegische noch die dänische Nationalhymne zu singen und alle studentischen Gesten gehörten der Vergangenheit an, das Zusammenschweißen durch das Ritual war durch ›Jedem-seine-Aufgabe‹ ersetzt worden.

»Wir halten uns für ein Fünf-Mann-Kommando«, schrieb Lars in sein Aufsatzheft, »aber Tatsache ist, dass wir uns mit verbundenen Augen in einem Strom bewegen, dessen Trägheit größer ist als unsere eigene.«

Gunnar verpestete als Erstes die Luft mit seiner Maiskolbenpfeife. Er musterte den großen weißen Karton, der auf dem Tisch lag. Eine minutiöse Karte einer zwei Kilometer langen Eisenbahnstrecke, die sich von Süden her durch den Wald schlängelte und vor den letzten achthundert Metern bis zur Stadt eine kleine Schleife bildete. Eine Karte mit roten Kreuzen, Luffes Generalstabskarte. Åge Terkelsen saß steif in seinem Sessel und war, wie man sagt, bleich, aber gefasst. Ob er jetzt gern abspringen würde? Ob er nicht erleichtert aufseufzen würde, wenn Gunnar alles abblies und vorschlüge mit den Mädchen aus der Klasse auf ein Fest zu gehen? Åge sagte nichts, zeigte nur diese gespannte, beobachtende Miene. Luffes Kichern war verstummt. Er nahm sein Werk in Augenschein. Ein Theoretiker mit theoretischem Verhältnis zum Leben selber. Vielleicht würde er es nie direkt berühren. Vielleicht war es eine nötige Distanz. Für Luffe. Als ob alles eine interessante Illusion wäre. Otto Hvidemann war schweigsam wie immer. Er wartete. Wartete auf den Tag, wartete auf das Signal. Inzwischen rüstete er sich. Obwohl er einer von ihnen war, war er doch die ganze Zeit Solist, fuhr seinen eigenen Kurs. Kompromisslos und definitiv.

Lars blickte auf. Gunnar hatte etwas von einem Problem gesagt. Er sprach leise und monoton. Ohne Glut oder Farbe. Als ob er allein wäre.

Vielleicht war es auch so. Im tiefsten Herzen. Sie waren alle allein. Sørens Funktion war es gewesen, sie zusammenzuhalten. Sie an die Ideale zu erinnern, sie in einer systematischen, geregelten Hierarchie zu binden.

Gunnar sprach von der Gestapo. Über die Tatsache, dass Svend Hansen immer wieder im Pfarrhaus, in der Kirche und im Klub auftauchte.

»Das Schwein hat Witterung bekommen«, murmelte Luffe.

Gunnar nickte. »Er weiß etwas. Vielleicht irre ich mich, aber mein Instinkt sagt mir, dass wir verpfiffen worden sind. Ich kann nur zwei Möglichkeiten sehen, aber man weiß ja nie. Außer Junkersen gibt es noch Kirstens Vater.«

Lars musste Otto erklären, wer Junkersen war.
»Da ist noch irgendwas«, sagte Gunnar dann, »irgendwas, das ich übersehen habe.«
Åge fand es unlogisch, dass die Gestapo nicht zuschlug, wenn sie eine Spur hatte. Wenn sie sicher waren.
»Sie wissen etwas«, antwortete Gunnar. »Aber nicht genug. Sie können uns nicht so einfach aufhängen. Genauer gesagt, sie wollen nicht. Sie wollen uns auf frischer Tat ertappen. Dann können sie an uns ein abschreckendes Exempel statuieren. Dann sind wir schuld an ihrer Rache. Und dann wird die Stadt sich gegen uns richten, nicht gegen sie.«
»Aber wenn das stimmt, was ist dann hiermit?«, fragte Lars und zeigte auf die Karte.
»Deshalb treffen wir uns hier«, sagte Gunnar. »Alles ist bereit. Wir wissen mit Sicherheit, dass der Zug am 22. Dezember kommt. Wir kennen die genaue Uhrzeit und wir wissen, dass der Zug die Ladung, die Panzer und das Material mitbringt, von denen wir gesprochen haben. Wir wissen, wann, wo und wie wir eingreifen werden. Aber vor allem gibt es da das Problem mit dem Antennenwels. Und dieses … verdammte Gefühl. Diese absolut unpraktische Unruhe, als ob ich irgendetwas übersehen hätte.«
»Aber was nun?«, fragte Lars mit lauter Stimme. »Ja, es ist eine Tatsache, dass die Gestapo uns im Auge hat, ja, es stimmt, dass wir uns vor Kirstens Vater verraten haben, und verdammt, ja, es ist wahr, dass Studienrat Junkersen ein Nazi-Sympathisant ist, aber ist es so klug, gerade jetzt so drastisch zuzuschlagen?«

Gunnar sah ihm ins Gesicht.
»Warum antwortest du nicht selber?«
Lars schlug unbehaglich die Augen nieder.
»Warum fragst du nur mich?« Er fühlte Gunnars Blick wie eine Anklage brennen, nachdem er gesagt hatte, dass er durchaus nicht vorhatte sein Leben bloß wegen eines Zuges wegzuwerfen. Dass er das Gefühl hatte, zu viel zu verlieren zu haben. Aber andererseits, immer erscholl in ihm dieses Gegenargument. Es musste getan werden. Von irgendwem. Daran führte kein Weg vorbei. Åge räusperte sich. Luffe meinte, dass ihr Plan sie jedenfalls teilweise sicherte. Dass sie fast alles einkalkuliert hätten. Er schlug Gunnar eine Abstimmung vor. Vielleicht war er doch nicht so theoretisch? Aber wo stand Gunnar? Lars musterte seinen Bruder und kam zu dem Schluss, dass Gunnar seine Zweifel hatte.
»Was sagst du, Otto Hvidemann?«, fragte er und sah Otto freundlich an, der treuherzig zurückblickte. Als ob er gerade geweckt worden wäre.
»Äh, ja …«
»Ja, was?«
»Ich möchte gern«, murmelte Otto.
»Was ist mit der Gestapo?«, fragte Gunnar. »Was ist mit allem, worüber wir gesprochen haben? Wenn wir verpfiffen worden sind?«
Otto sah von einem zum anderen und zuckte mit den Schultern.
»So ist es eben«, antwortete er ruhig.
Gunnar sah ihn eindringlich an. Lars lächelte. Vergiss es, Bruderherz, dachte er. Du wirst diesen Jungen nie

verstehen. Luffe fragte Åge und der antwortete, er wollte sich der Mehrzahl nicht widersetzen.

Gunnar sah Lars an.

»Du brauchst es nicht«, sagte er.

»Das ist doch, was wir immer gewollt haben«, sagte Lars. »Wenn wir uns etwas bei dem denken, was wir tun. Aber ich gebe zu, ich habe eine Höllenangst.«

Åge lächelte erleichtert.

»Alles klar.« Gunnar schlug mit der flachen Hand auf den Tisch. »Alles klar. Am 22. Dezember. Um 22.05 Uhr. In der Schule feiern wir das alljährliche Weihnachtsfest. Mit Krippenspiel und Orchester. Das Fest ist unser Alibi.«

»Aber wir sind doch nicht dabei«, warf Lars ein.

»Doch, sind wir, aber dazu kommen wir noch. Was dich betrifft, Otto, so gelten für dich bekanntlich andere Regeln, da du nicht auf diese Schule gehst.«

Otto putzte sich die Nase.

»Wir anderen«, fuhr Gunnar fort, »Åge, Luffe, Lars und meine Person stehen wie abgemacht auf der Bühne. Wie immer hat der Rektor das Stück selber geschrieben, es ist eine Art Singspiel über die drei Weisen aus dem Morgenland.«

»Entschuldigung, Gunnar«, sagte Lars. »Aber wäre es keine Idee, wenn ihr uns anderen erzählt, was ihr vorhabt? Wie können wir gleichzeitig auf der Bühne und draußen im Wald sein?«

Gunnar fertigte ihn mit einer Handbewegung ab.

»In zwei Minuten verlassen wir diesen Dachboden«, sagte er fest. »Und wir treffen uns erst am 22. um sieben

Uhr abends wieder. Hier oben. Wenn mein Fahrrad an der Seitentür des Turmes steht, dann geht ihr wieder nach Hause. Wenn nicht, dann halten wir unser letztes Treffen für dieses Jahr ab, bei dem alle die nötigen Instruktionen erhalten. Danach gehen vier von uns in die Schule, Otto Hvidemann geht nach Hause. Bis 21.30 Uhr. Bis dahin kennen wir uns gegenseitig kaum. Ist das klar?«

Åge nickte heftig. Otto sah in eine andere Richtung.

Gunnar kratzte die Asche aus seiner Pfeife und sah Luffe an, der breit lächelte. Wie beim Fotografen. Ganz ohne Grund.

18. Kapitel

Das traditionelle Weihnachtsstück war in der Regel ein Singspiel des Rektors, mit einer munteren, leicht satirischen Moral und einer rasch abgewickelten Handlung mit Schwergewicht auf der Musik. Vielleicht wäre er ja gern Komponist gewesen, aber als Stückeschreiber war er auch nicht schlecht. In diesem Jahr schon gar nicht, wo er ein biblisches Motiv gewählt hatte, mit dem er gleichzeitig die Ungunst der Zeiten umschrieb. Die Heiligen Drei Könige machten Hitler, dessen einzige Jünger eine Schafherde war, die auch als blökender Chor fungierte, total lächerlich.

Sie probten den ganzen Dezember über, malten Dekorationen, übten die Lieder und besetzten die Rollen. Irene

war einer der Heiligen Drei Könige, Søren ein zweiter und Gunnar der dritte. Åge, Luffe und Lars hatten sich alle für den Chor gemeldet und waren mit zottigen Schafskleidern ausgestattet. Alles ging also wie geplant. Die Prüfungen lagen hinter ihnen und nun waren nur noch das Krippenspiel, Weihnachten und die Ferien wichtig. Aber in aller Heimlichkeit hatte Gunnar sich mit vier Klassenkameraden zusammengetan, die ebenfalls die Lieder des Chors auswendig lernten.
Lars fuhr am 21. Dezember zu Otto Hvidemann. Es war ein eiskalter, frostklarer Tag mit taubenblauem Himmel. Der Reifrauch war verschwunden, der Schnee bildete zarte Pastelle, die auf dem sonst so verkommenen Wiesengelände glitzerten.
Otto wurden die letzten Instruktionen mitgeteilt und er war noch schweigsamer als sonst. Er und Lars sollten am Abend zusammen losfahren. Åge sollte allein zum Viadukt radeln und den Vorposten bilden, während sich Gunnar und Luffe auf dem Gleiskörper zwischen Wald und Stadt postierten. Lars und Otto sollten strategisch platziert auf beiden Seiten der Schienen stehen und den Weg beobachten. Das klang so leicht und selbstverständlich. Ein Knopfdruck und bums, der Zug kippt um, und schon sind die tapferen Saboteure in der Finsternis verschwunden. Draußen warten Euphorie, das triumphierende Siegesgeheul der Brauereisirenen, die geheimnisvollen Blicke, wenn sie am Heiligen Abend Hand in Hand um den Weihnachtsbaum gehen, die Erleichterung und die Ruhe bis Neujahr, wo man sich für das Jahr des Herrn 1943 rüstet, das Jahr, in dem die Alliier-

ten einfach die Oberhand gewinnen müssen, im Osten und in Nordafrika.
Das Leben muss zurückkehren. Das Lachen und die Leichtigkeit. Aber wenn er an die Soldaten dachte, die durch die Stadt marschierten, wenn er das Nazi-Emblem in Zeitungen sah, die Nazis im Radio hörte, im Kino erlebte, wenn er immer wieder Svend Hansens pervertierten Monolog über die reinste Rasse von allen hörte, dann stieg ihm die Übelkeit in die Kehle. Ein reeller Sauerstoffmangel, ein Ekel und ein Abscheu, die sich in seinem Bauch verkrampften, ein permanenter Angstknoten, der ihn dazu brachte, die Zähne zusammenzubeißen und Unsicherheit, Missmut und Nerven zu trotzen. Wie Gunnar immer sagte: Irgendwer muss anfangen, irgendwer muss es machen. Koste es, was es wolle. Andere werden folgen. Gute Dänen, tapfere Männer und Frauen. Die Widerstandsbewegung wird organisiert werden, von Kopenhagen und auch von London aus. Deutschland wird spüren, dass Dänemark sich nicht ergeben hat. Lars konnte sich warm reden, sich immer mehr hineinsteigern, rhythmisch fast, er wiegte sich hin und her, sammelte Körper und Geist, schloss sich um das eine, konzentrierte sich auf dieses eine. Verschwunden waren alle Spekulationen, Schule, Zukunft, Liebe und Verlust. Nur ein Foto, ein Bild, das sich nicht ausradieren lassen würde, und wenn sie ihn zur Ostfront schickten. Wenn nur Rosen da gewesen wäre.
Zusammen mit Otto, der fünf Wollpullover und einen Stapel Zeitungen auf dem Bauch trug, spazierte er über die kalte Wiese. Otto sah aus wie ein russischer Hirte.

»Wir stehen in Schafskostümen auf der Bühne und singen die kleinen, selbst gedichteten symbolischen Lieder des Rektors, während wir die Beine schwenken«, erklärte er und lachte leicht hysterisch. »Ich glaube, das ist der private Widerstandskampf des Rektors. Danach kann das Publikum mit dem Gefühl nach Hause gehen, durch Lachen und Klatschen etwas Gutes getan zu haben. Aber vielleicht hat das auch seinen Sinn. Auf lange Sicht.«

Otto gab keine Antwort und sicher waren ihm theoretische Revuen und als Schafe verkleidete Gymnasiasten reichlich schnuppe. Er hatte ein paar Steinchen in der Hand und warf sie zerstreut in die Luft.

Lars sah derweil Irene mit einer Goldkrone aus Pappe, Schnurrbart und azurblauem Umhang vor sich. Das Licht scheint dabei anzugehen. Sie blickt sich lächelnd im Kreis um. Dabei scheint ein Licht aufzuleuchten. Sie ist ein natürlicher Mittelpunkt. So viel Licht. Sie sagt etwas zu Gunnar. Lars steht ein Stück entfernt. Eine Neckerei ist im Gang, aber Gunnar reagiert nicht und Irene löscht das Licht.

Sie weiß, dass Gunnar die Nuance, die aus ihrer Liebe Freundschaft macht, nicht akzeptieren kann. Für ihn heißt es alles oder nichts. Einmal haben sie über den neuen, veränderten Gunnar gesprochen. Falsch! Es ist ein anderer Gunnar. Ein ganz anderer. Die Verwandlung ist rasch und gleitend geschehen. Jetzt ist die Metamorphose vollendet. Und die große Frage ist, ob sie den neuen Gunnar überhaupt kennen. Er kann immer noch lächeln und lachen, aber erst nach einem Entschluss,

nach einem Klarsignal. Das Spontane, Naive und Vertrauensvolle, das Goldene, das ihm eine seltene Aura verlieh, ist verschwunden. Als ob er ein Fegefeuer passiert hätte, das seine Flügel verbrannt hat. Eines Abends nach dem Essen, als sie am Radio sitzen und alles Friede und Idylle atmet, fragt der neue Organist, der Alfred Johansen heißt, was Gunnar nach dem Abitur machen will. Die Mutter antwortet und sieht ihren großen Jungen zufrieden an. Er sitzt wie immer neben dem Vater, der den unentbehrlichen Atlas auf dem Schoß hält. Das Schlachtfeld ist in farbigen Feldern eingezeichnet, in braunen Bergen und grünen Talern. Die Städte sind runde, rote Flecken, die Flüsse sind schwarz, die Eisenbahnen gepunktet, die Wüsten gelb und die Seen blau. Aber es ist ein veralteter Atlas, wie alle Atlanten. Die Grenzen sind nicht auf dem neuesten Stand, aber zum Ausgleich gibt es den Vorteil, dass man in den kleinen runden Klecksen, die Paris, London, Berlin und Bristol darstellen, keine weinenden Menschen sehen kann, keine Ruinen, keine Heimatlosen, keine Toten. Auf den himmelblauen Weltmeeren gibt es weder U-Boote noch Zerstörer, mit anderen Worten, die Welt ist so wie immer, im Gegensatz zu Gunnar, der plötzlich sagt: »Das ist jetzt alles anders.«
Es dauert einige Zeit, bis diese Worte gesunken sind. Und er hat damit nicht den Atlas des Vaters gemeint. Der Propst lässt seine Europakarte sinken. »Was sagst du da, Junge?«
»Ich sage, dass das alles anders ist.«
Gunnar zündet sich am Schreibtisch in der Ecke seine Maiskolbenpfeife an.

»Was meinst du mit anders?« Die Mutter lacht nervös. Und Lars denkt, arme Mutter, arme süße, liebe, gottesfürchtige Mutter, jetzt kommt der Krieg auch in dein Wohnzimmer, jetzt musst du ihm ins Auge blicken, so hässlich er auch aussehen mag. Hier helfen weder Jod, Pflaster noch Kamillentee. Du kannst so viele Beeren einmachen, wie du willst, und du kannst flicken und reparieren, umnähen und übersehen, jetzt steht er hier mitten im Wohnzimmer und sagt: »Jetzt ist alles anders.« Und der arme Alfred Johansen haucht seine rahmenlose Organistenbrille an und wendet Gunnar sein reines Kindergesicht zu, während er treuherzig fragt, was Gunnar denn dann studieren will. Auch er hat nichts von allem begriffen. Aber das wäre auch zu viel verlangt.

Gunnar sagt: »Ich will … überhaupt nicht studieren, sondern … reisen.«

Lars blickt zu seinem Vater hinüber, der die Stirn runzelt. Eine seltene Aufmerksamkeit, eine wirkliche Reflexion. Aber er sagt nichts und seine Verblüffung, um nicht zu sagen: sein Schock, sind nicht ganz leicht zu sehen. Möglicherweise kennt er den neuen Gunnar. Vielleicht entspricht der etwas im Propst selber. Derweil lächelt die Mutter erleichtert und stupst Gunnar an, als ob sie sagen wollte, sie könnte doch hören, dass er das nicht ernst meint. Wenn ihr jemand den festen Boden unter den Füßen wegziehen kann, dann ist das Gunnar, und jetzt hat er mit beiden Händen zugepackt. Komm schon, Gunnar, denkt Lars eifrig, bring es hinter dich, mach ihr klar, was los ist. Höchste Zeit, dass sie aufwacht. Im Grunde ist sie ja in Ordnung, aber den Grund findet sie nicht selber. Aber Gunnar erhebt sich vor den Nachrichten aus London. Mit festen Schritten durchquert er das Wohnzimmer ohne irgendwen anzusehen, aber als er schon die Hand an der Türklinke hat, trifft ihn die Stimme des Vaters im Rücken. Die Stimme klingt leicht, aufgesetzt leicht: »Meinst du das im Ernst, Gunnar?«

Gunnar antwortet ohne sich umzusehen: »Ja. Das meine ich.«

An diesem Abend klingt sogar Christmas Møller leicht matt. Gunnar ist gegangen. Organist Johansen sagt, dass viele junge Menschen in diesem Alter ihre Eigenheiten entwickeln. Er hat zum Beispiel eine Schwester, die 1936 plötzlich nach Gotland durchgebrannt ist, um Steine zu sammeln.

Der Vortrag über Johansens ansonsten völlig normale Schwester dauerte fast eine Viertelstunde und bekräftigte den Eindruck von Familie Johansens Durchschnittlichkeit. Die Moral oder, genauer gesagt, die Pointe war, dass die schändliche Schwester, die drei Monate weggeblieben war, nach Hause kam, aufs Lehrerseminar ging und später von einem stellvertretenden Rektor Zwillinge bekam.

Die Mutter starrt vor sich hin. Sie flickt die Zellwolljacke des Vaters.

»Aber das ist doch nicht unser Gunnar«, murmelt sie.

»Nein«, seufzt der Vater. »Das ist er nicht, meine Liebe. Und es ist wohl kaum eine Eigenheit. Unseren Gunnar hatten wir nur geliehen.«

Die Mutter verschiebt ihren Blick wie ein Leuchtturm

seinen Lichtstrahl und sieht Lars an. Wie zum allerersten Mal. Als ob sie sagen wollte: Was wird das Nächste sein? Jetzt habe ich nur noch dich, kleiner Lars.

Am Tag darauf macht er mit dem Fahrrad einen Ausflug an den Fjord.

Es ist Anfang Dezember. Der Schnee ist noch weich und weiß, genau, wie sich das gehört.

Sie stehen am halb zugefrorenen Wasser, Irene und Anna. Der Schneemann ist fast fertig. Er hat zwei Kohlestücke als Augen und eine Möhre als Nase. Auf seinem großen Kopf sitzt, keck schräg gerückt, Irenes Zipfelmütze.

Als Lars sein Fahrrad auf sie zuschiebt, verabschiedet Anna sich.

Irene sieht ihn mit einem kleinen, kühlen Lächeln an. Lars spürt sein Herz in der Brust und ein Kribbeln in den Beinen. Als ob sie sich fünf lange Jahre hindurch nicht gesehen hätten. Es müsste verboten werden, so schön auszusehen. Hübsch, verträumt, mit diesem zögernden Lächeln.

»Ist er nicht toll?« Sie zeigt auf den Schneemann.

Lars nickt.

»Aber es wird ja bald tauen ...«

Sie blickt in die Luft. Es sind ihre Bewegungen, denkt er, ihre Bewegungen, in die ich mich verliebt habe. Vor allem anderen. Die plötzlichen ruckhaften Bewegungen, die Eleganz im Unerwarteten. Eine gewisse Unbeholfenheit.

»Deshalb habe ich ihn gebaut«, sagt sie. »Dann kann ich ihn sehen, wenn ich morgens im Dunkeln zur Schule fahre. Wenn er ganz langsam schmilzt.«

»Das ist doch wirklich seltsam«, sagt Lars und bricht in ein misstönendes Lachen aus.

Die Sonne verschwindet schon. Das letzte Licht trifft ihre Stirn.

»Wenn ich das letzte Licht wäre, würde ich mich auch dorthin legen«, sagt er leise.

»Das letzte Licht?«

Erst jetzt geht ihm auf, dass er laut gedacht hat, und er murmelt etwas über Winter und Dunkelheit und dass es bald wieder heller werden wird. Wenn sie ihn nicht unterbrochen hätte, hätte er bis Lichtmess über den Wechsel der Jahreszeiten faseln können.

»Du ... du kommst doch danach zum Ball«, fragt sie lässig. »Nach der Aufführung.«

Ihr Handschuh liegt auf seinem Lenker. Lars starrt seine Skistiefel, die grau gewürfelten Socken und die braune Knickerbockerhose an.

»Wenn ich kann«, murmelt er.

Sie zieht die Hand aus dem Handschuh. Ihre Finger sind gerötet von Kälte und Schnee. Ein krummer Zeigefinger fährt langsam seine Wange hinab. Von der Schläfe vorbei am Mund bis hinunter zur Kinnspitze. Sie folgt dem Finger mit dem Blick, wie eine Träne.

Danach schiebt sie vorsichtig ihre Hand zurück in den Handschuh.

Lars lächelt sie vorsichtig an, als sie ihr Fahrrad holt.

»Das mit dem Schneemann tut mir Leid«, sagt er leise.

»Man kann ja immer einen neuen bauen«, lächelt sie und klimpert mit den Augenlidern. Und ist verschwunden.

Otto versetzte einem Mauerrest einen Tritt. Es schien an den Zehen wehzutun. Lars packte ihn an den Schultern und drehte ihn um, so dass sie einander gegenüberstanden, als er sagte: »Kannst du dich überhaupt daran erinnern, was man zu dir sagt?«

»Ja«, antwortete Otto ohne Überzeugung.

»Dass ich verliebt bin … in Gunnars Freundin, weißt du das noch?«

Otto gab keine Antwort, sondern zog ein Stück Süßholz aus der Tasche und kaute darauf herum, während er Lars mit distanzierter Verwunderung anstarrte.

»In Gunnars … in Gunnars Freundin«, wiederholte Lars. »Und weißt du was? Sie ist auch in mich verliebt. Was sagst du dazu, Otto?«

Otto kaute energischer, zog aber dann das Süßholz aus dem Mund und blickte es missbilligend an.

»Aber … ist sie dann jetzt nicht deine Freundin?«, fragte er und spuckte einen Splitter aus.

Lars starrte ihn an und lächelte.

»Weißt du was, Otto, du bist mein bester Freund.«

»Bin ich das?«

»Ja, das bist du. Du bist mein allerbester Freund.«

Otto nickte ohne den Blick von Lars abzuwenden, während er sich von neuem auf sein Süßholz konzentrierte.

»Die Deutschen waren am Montag bei uns.«

Lars entfernte seine Hand von Ottos Schulter, als ob er sich verbrannt hätte.

»Aber was wollten sie?«

»Rumschnüffeln. Das war der, den ihr Antennenwels nennt, der Lange.«

Lars blickte über den Fjord, wo er nichts anderem begegnete als der Unendlichkeit. Der Antennenwels. Nicht gut! Überhaupt nicht gut.
»Hat er etwas gesagt?«
»Er hat gesagt, ich könnte vielleicht eine Belohnung bekommen, wenn ich ihm helfe.«
Lars fixierte Otto, der jetzt mit dem anderen Ende des Süßholzes angefangen hatte.
»Ach. Und was hast du gesagt?«
»Ich habe gefragt, wie hoch die Belohnung ist.«
Lars zögerte. »Du hast gefragt … wie hoch die Belohnung ist?«
»Aber das wollte er nicht sagen, es kommt wohl darauf an, was ich ihm erzählen kann.«
Lars stellte sich vor Otto. »Wie ist er gerade auf dich gekommen, was glaubst du? Er hätte hundertsiebzehn andere fragen können, aber er hat dich gefragt.«
Otto beobachtete die kleine Fähre, die sich quer durch den Fjord bugsierte. »Ich könnte mir gut vorstellen ihn fertig zu machen«, murmelte er.
»Ja. Das kann ich mir denken …«
Sie gingen zurück zu den Baracken und lungerten eine Weile vor Ottos Haustür herum. Lars war unschlüssig. Aber er wusste nicht, wie er sich ausdrücken sollte oder was er überhaupt sagen wollte. Aber ehe er sein Bein über die Fahrradstange schwang, sagte Otto so nebenbei: »Meine Mutter ist nicht mehr Kellnerin.«

Wie so oft lag Lars in seinem Bett und konnte keine Ruhe finden. Und dabei hätte er einen guten Nachtschlaf so gebraucht. Sieben Meter weiter den Flur entlang lag Gunnar. Wahrscheinlich, vielleicht schlief er wie ein Stein. Den Schlaf der Gerechten. Vielleicht aber lag er genauso wach wie Lars. Und starrte an die Decke. Horchte auf nichts. Warum sprachen sie nicht mehr miteinander? Es gibt alles Mögliche, überlegte sich Lars, was er mir nicht erzählt hat. Geheimnisse. Versiegelt vom neuen Gunnar. Ich könnte natürlich zu ihm gehen. Er schloss die Augen und spürte wieder den Wein in seinem Körper. Er war es nicht gewohnt, drei Glas Rotwein hintereinander zu kippen. Wenn er die Augen schloss, dann sah er die anderen vor sich. Beim letzten Treffen. Gunnar am Tischende, ernst und leicht gebieterisch. Die Leichtigkeit kam nicht vom Wein, den der Bruder in langstielige Gläser einschenkte. Die Karaffe hatte Lars noch nie gesehen. Luffe erhebt sich und bringt einen erregten Trinkspruch auf die Operation aus. Aber die Stimmung der anderen geht irgendwie nicht mit. Åge ist schweigsam und Otto trinkt den Wein und schneidet Grimassen.

Es gibt nicht so viel zu sagen. Jetzt. Vielleicht schlägt Gunnar deshalb vor, sich an den Händen zu fassen. Es kommt ihnen ein bisschen seltsam vor und Luffe kichert, aber es ist auch schön, Otto und Åge an den Händen zu halten. Ihre Wärme zu spüren, zu empfinden, dass sie zusammenhalten. Komme, was wolle. Dann fangen Gunnar und Luffe an auf den Boden zu trampeln. Åge schließt sich an, dann Lars, schließlich Otto. Tramp, tramp, tramp … Rhythmus, Ritual, Puls.

»Was … machen wir … mit Göring!«, ruft Gunnar mit weißem Gesicht.

»Erst nehmen wir uns Göring
an seinem fetten Bein.
Danach nehmen wir uns Goebbels,
schlagen ihn mit einem Stein.«

Die Aula ist geschmückt. Lampions und Tannengrün. Tannenzweige mit dänischen Fähnchen. Der Rektor hat im ganzen Gesicht rote nervöse Flecken und kommandiert die Schauspieler herum. Frau Hartmann nimmt ihren Platz hinter dem Piano ein. Das Publikum ist noch nicht gekommen, während Darsteller, Statisten und Chor sich schon längst fertig gemacht haben. Im Umkleideraum sitzen vier Stellvertreter und lassen die Zigarette kreisen. Beim Eingang sitzen der Pedell und sein Gehilfe. Jetzt kommen die Ersten. Sie bezahlen einen symbolischen Eintrittspreis.

»Hitler wird dann aufgehängt
und Ribbentrop kriegt nichts geschenkt.«

Die Heiligen Drei Könige tragen die letzte Schminke auf. Irene sieht Lars fragend an, wirbelt aber herum, als Luffe und Gunnar in ihren Schafskostümen auftauchen. Der Rektor setzt sich in den Souffleurkasten. Der Saal füllt sich bis zum letzten Platz. Lautes, erwartungsvolles Gemurmel verbreitet sich wie ein Bienenschwarm und verstummt, als die Lichter ausgehen.

»Dann werden sie zum Lachen sein,
die vier alten Nazischwein'!«

Erster Akt. Beifall und Vorhang. Alles läuft so, wie es soll. Luffe tippt Åge auf die Schulter. Lars läuft in den Umkleideraum und zieht sein Schafskostüm aus. Gunnar starrt auf seine Uhr. Åge verschwindet. Die Tür fällt ins Schloss.

Auf der Bühne fängt der zweite Akt an. In zwei Minuten wird der Chor antreten.

Lars fährt durch die dunkle Stadt. Er ist unterwegs zur Ziegelei. Wo Otto wartet. Er denkt an das Lied, an das naive Stück des Rektors und an letzte Nacht, in der er drei Stunden geschlafen hat. Einen unruhigen Schlaf mit vielen Bildern. Vor allem von Gunnar, so wie er ihn früher gekannt hat. Das treuherzige Lächeln und den alles umarmenden Bruder. Den Engel von St. Petri.

»In dessen Schlagschatten ich aufgewachsen bin«, murmelt er und biegt um die Ecke.

Otto hat seine Schwestern ins Bett gebracht. Lars steht im Eingang und sieht ihn die Kleinen küssen. Auch das kann er, wie das Natürlichste auf der Welt. Hier gibt es keine Gegensätze, keine bohrenden Konflikte. Stille, Stille …

»Kylle hat Fieber.«

Sie müssen einen Umweg fahren und hart in die Pedale treten. Vorbei an der Zentralschule. Lars treibt Otto nervös zur Eile an.

Insgesamt gibt es fünf Putzfrauen. Ottos Mutter steht mitten auf der breiten Linoleumtreppe. Der Eimer steht auf ihrer rechten Seite. Die Haare hat sie hochgesteckt. Ihr Kittel ist blau. Sie ist ungeschminkt und sieht frischer und jünger aus. Otto zögert zuerst, dann geht er die neun Treppenstufen hinauf. Erst jetzt begreift Lars, was Otto hier macht. Die Mutter sieht ihn an und versucht ein kleines, tapferes Lächeln.

Lars wendet sich ab, als sie Otto plötzlich umarmt, der sich sofort befreit und zu Lars hinunterläuft.
In wenigen Minuten haben sie die Schule verlassen und die Stadt durchquert. Im Wald steht Åge Terkelsen mit seiner Signallampe. Unter dem Viadukt. Sie legen sich in die Pedale, rasch geht es über dunkelblaue Wege. Die Bäume jagen vorbei. Schwarze Statisten, Tannen, Föhren und Lärchen, herber Geruch, vertraut. Lars erhebt sich im Sattel. Unser Wald, unsere Bäume, dänische Wurzeln, dänischer Humus, seit Jahrtausenden, Fjord, Flusstal, Wiesen und Hügel, so alt wie die Zeit selber. Es wächst in mir, das alles. Vierzig Minuten. Otto überholt ihn. Lars sieht ihn an, sieht sein Profil vorüberjagen. Ist heute Abend an Otto etwas anders? Ja, er hat sich gekämmt. Hände und Nägel hat er gescheuert, geschrubbt und gereinigt. Meine Güte. Als ob er auf ein Fest wollte. Lars sieht Otto vor sich, vor dem Spiegel, während der letzten Stunden. Der Kamm wird ins Wasser getunkt, die widerspenstigen Haare machen nicht mit, aber am Ende gelingt es doch. Soll Hvidemann konfirmiert werden? Nein, dazu ist er zu allein. Die Stiefel werden geputzt, die Sohlen überprüft. Hochzeit vielleicht? Nein, dazu ist er zu ernst. Dann ist er endlich fertig und dreht sich langsam vor dem Spiegel. Bereit für eine Beerdigung. Vierzig Minuten. In Vierzig Minuten kommt der Zug. Über den Hügelkamm. Die Schienen leuchten metallisch im kalten Mondschein. Sie lassen ihre Räder fallen und Lars sieht Otto über die Bahn laufen und seinen Platz gegenüber dem Baum einnehmen, vor den Lars sich setzt.

Er entdeckt Gunnar und Luffe, zwei Kleiderbündel, die neben den Schienen sitzen und sich an Sprengköpfen, Leitungen und Zündsätzen zu schaffen machen.
Sie sprechen nicht miteinander, sondern arbeiten rasch und fieberhaft. Gunnar läuft gebückt mit der Leitung, die an einer Art Flaschenzug befestigt ist, zum Holzkasten mit Handgriff, der die Explosion auslösen soll.
Luffe folgt ihm und bedeckt die Leitungen. Luffe hat in Gedanken alles durchgespielt. Hat es vor sich gesehen. Berechnet und kalkuliert, gemessen und gewogen, multipliziert und dividiert. Für ihn ist es eine Examensaufgabe, ein Gesellenstück. Deshalb hat er sich nicht groß damit gebrüstet. Es reicht ihm, der Strategie zu folgen, Punkt für Punkt, Gleichung mit einer Unbekannten. Ein Theoretiker in Praxis. Wie ein ungeschlüpftes Küken, das im Ei die Welt draußen errät. Jetzt werden sie auf die Probe gestellt, das Küken und die Welt. Jetzt soll die Schale bersten. »Willkommen auf der Welt«, murmelt Lars und presst sich an den Baumstamm, starrt in die mächtige Tanne hinauf, deren majestätischer Wipfel im Süden nach dem Zug Ausschau hält. Zwanzig Minuten. Er entsichert die Luger, jetzt gehört sie ihm. Mit anderen Worten, alles hängt zusammen. Er starrt sie an und stellt fest, dass er friert. Die Kälte hat sich in den Knochen festgesetzt, das Knochenmark friert ein und das Blut friert und gerinnt. In zwanzig Minuten wird er keinen Finger mehr rühren können. Er macht Fingerübungen und umklammert den Griff der Luger. Denkt an Sørens Worte, vor langer Zeit. Dieser vernünftige Søren, der jetzt mit Gold, Weihrauch und Myrrhe auf der Bühne steht. Die

Leute amüsieren sich, hoffentlich. Es soll doch eine Komödie sein. Im Souffleurkasten schwitzt der Rektor. Und am Viadukt steht einer seiner Schüler, der Åge Terkelsen heißt, und tut seine Pflicht.

Die Pflicht ist blind, taub und stumm. Sie ist einfach da, wie ein unsichtbares Organ. Åge hat immer mit ihr gelebt, hat sich daran angelehnt und sie als Orakel benutzt, als ein Loch im Boden, an das er sich wenden konnte, wenn er Zweifel hatte. Sich einfach auf den Bauch legen und ins Loch der Pflicht hineinschreien. Über die Antwort braucht man keine Zweifel zu hegen. Aber jetzt, jetzt hat der junge Terkelsen mit dem starren Gesicht Zweifel. Er friert in der bitterkalten Winternacht und auf dem bitterkalten Viadukt, tritt von einem Fuß auf den anderen, hüpft herum und denkt an seine Familie. An zu Hause. An die Schulkameraden, an sein Schwesterchen und an das Puppenhaus, das er ihr zu Weihnachten gebastelt hat. Åges eigenes Werk. Åge ist ein Familienmensch, für den das Leben niemals besonders kompliziert gewesen ist. Als Kind ist er viel gehänselt worden, weil er so dick war. Babyspeck. Alles ist ein Übergang. Åge schwimmt mit dem Strom. Aber jetzt steht er mit einer Signallampe am Viadukt und horcht, späht und hat Angst. Es ist ernst. Die Pflicht. Vielleicht sollte man ihr widersprechen? Spricht sie nicht mit vielen Stimmen? Hat er seiner Familie gegenüber denn keine Verantwortung? Wenn die wüssten, dass er hier steht, mitverantwortlich für eine Eisenbahnsabotage. Er verdrängt diesen Gedanken. Ehe er zu Hause weggegangen ist, stand er lange da und sah durch die beiden

Zimmer, auf die Mutter, die gerade die Ärmel von einer Jacke schnitt. Für Åge. Heiligabend sollte er sie anziehen. Wenn die Kerzen am Baum angesteckt werden. Im Badezimmer sitzt er mit geschlossenen Augen und summt. Im Wohnzimmer klingelt das Telefon. Es ist die Schwester seiner Mutter aus Kopenhagen. Das Gespräch ist kurz. Die Mutter erklärt, sie könnten sich nicht beklagen, sie hätten es gut in der Provinz, und sie bietet ihre Hilfe an, wenn es in der Hauptstadt zu schlimm wird. Danach summt auch sie. Eine beliebte Melodie.
Der Vater kommt aus dem Büro nach Hause. Er ist froh. Er freut sich auf Weihnachten und auf die Aufführung in der Schule. Die kleine Schwester ruft Åge und zieht ihn mit seiner Rolle als Schaf auf. Die Eltern umarmen sich und lachen. Die kleine Schwester steht auf einem Bein und dreht eine Pirouette. Åge starrt in das Loch, wo schreiend Gesichter vorbeijagen. Die vielen Gesichter der Pflicht, die gespaltene Zunge der Wahrheit. Ich tu es für euch, sagt er zu sich selber, als er die Wohnung verlässt.
Er trifft Lars in der Schule und erzählt, wie ihm zumute ist. Lars ist ein guter Zuhörer. Åge erzählt alles, detailliert. Lars behauptet ihn zu verstehen. Aber Åge hat noch mehr auf dem Herzen, nämlich das Puppenhaus seiner Schwester. Lars hält den Zeitpunkt für schlecht, aber Åge erklärt, dass er fünf Monate lang daran gebaut hat. Es hat drei Etagen, wenn man den Dachboden einberechnet. Åge hat geschnitten und geklebt, gesägt, gefeilt, geschliffen, genäht und geheftet. Wohnzimmer, Esszimmer, Badezimmer, Mädchenzimmer, Treppen,

Kinderzimmer und Dachboden. Lars kehrt ihm den Rücken zu und steigt in sein Schafskostüm. Åge redet fieberhaft weiter.
»Im Wohnzimmer sitzt der Vater mit seiner langen Pfeife. In der Küche steht die Mutter und kocht und im ersten Stock sitzt die kleine Agnete und kämmt sich die Haare und dann macht sie sich Zöpfe, so wie meine Schwester, die auch Agnete heißt. Ich habe an diesem Haus gearbeitet und gearbeitet, es ist eine wirklichkeitsgetreue Kopie von unserem Haus, das ist doch gerade der Witz dabei.«
»Kannst du nicht ein bisschen den Mund halten, Åge?«
»In aller Heimlichkeit natürlich, niemand durfte etwas erfahren, auch meine Eltern nicht.«
Lars schüttelt Åges Stimme ab. Åge am Viadukt. Wenn er in zwanzig Minuten auf der anderen Seite wieder herauskommt, wird er ein anderer Mensch sein.
Luffe ist zu den Schienen zurückgekehrt. Vielleicht will er nur sein Meisterwerk kontrollieren, vielleicht stimmt etwas nicht. Gunnar treibt ihn zur Eile an.
Gunnar, der anderen kaum noch in die Augen sehen kann. Gunnar, ihr Anführer. Gunnar, der nicht Theologe werden will wie sein Vater und sein noch berühmterer Großvater. Der Fettsack aus Viborg. Jetzt will Gunnar reisen. Warum? Weil er gern wegwill. Weit weg am liebsten. Zu den Mangroven. Zum verfallenen Palast des Sultans, halb überwuchert von Lianen, auf den Balustraden wachsen Papayas. Gunnar ist zu Pferd, reitet durch einen schattigen Apfelsinenhain. Er ist vor diesem Ort gewarnt worden, aber er muss hin, er muss. Der Palast

ist von seinen ursprünglichen Bewohnern längst verlassen worden, er soll verwunschen sein. Es wimmelt von Gerüchten, aber das ist Gunnar Balstrup egal. Er treibt Luffe an, der rittlings auf einem Eselchen einen Sprachführer studiert. Gunnar rennt die Treppe hoch und stößt die schwere Tür auf. Spinnweben kleben an ihm. Von Saal zu Saal, immer tiefer, bis keine Stimme von außen ihn mehr erreichen kann. Dann ist er endlich da. Endlich hat er gefunden, was er gesucht hat. Luffe sitzt immer noch auf dem Esel, als Gunnar herauskommt. Lächelnd, warm und alles umarmend. Die Flügel sitzen an Ort und Stelle.

»Da hast du sie also gefunden«, lacht Luffe. »Und wo ist der Heiligenschein?«

»Der war mir zu schwer, alter Freund.«

Der Theoretiker, der Puppenhausbauer, der gefallene Engel und der Leichenbestatter Otto Hvidemann. Sie warten. Lars ist es jetzt etwas wärmer und er sieht Luffe zu Gunnar hinübereilen. Sie verstecken sich. Otto hat sich auf der Böschung unsichtbar gemacht. Aber Lars weiß, dass er da ist. In der Finsternis. Da ist Otto.

Die Vorstellung im Gymnasium ist beendet. Die Schauspieler ernten ihren wohlverdienten Applaus. Irene verneigt sich. Søren verneigt sich und alle Schafe, sogar die falschen, verbeugen sich auch. Der Rektor kommt aus seinem Kasten und in der Zentralschule ragt ein Aufnehmer in die Luft wie ein Fels im Stillen Ozean. Kylle hat Fieber. Agnete hat Zöpfe. Vor einem kleinen Spiegel entfernt Irene ihren langen Bart. Und weicht ihrem eigenen Blick aus.

Fünf Minuten. Lars fährt herum. Ist das schon der Zug? Er starrt zum Viadukt hinab, wo Åges Lampe aufleuchten sollte. Kein Licht. Luffe und Gunnar pressen sich ins Dickicht. Otto Hvidemann ist verschwunden. Er wartet auf die Beerdigung. Aber jetzt ist etwas zu hören. Ein Geräusch aus dem Wald. Jetzt wieder. Motoren, Motorräder. Dröhnen. Autos. Gelbe Augen zwischen Tannen, Föhren und Lärchen. Lars wirft einen Stein auf die Schienen, als Gunnar auftaucht. Er blickt sich verwirrt um. Luffe kriecht zu ihm hinüber. Lars ist verwirrt. Dann ist es plötzlich wieder ganz still. Nur der Wind in den Baumwipfeln ist zu hören. Der Zug aber keinesfalls. Gunnar und Luffe sehen einander an. Sie blicken auf den Viadukt hinunter. Warten. Dann erklingen die ersten Rufe im Wald. Von allen Seiten. Ein Scheinwerfer wird eingeschaltet. Weitere Lampen. Deutsche Wortfetzen.

Gunnar läuft los, während Luffe zögert, auf der Stelle tritt. Seine Berechnungen stimmen nicht. Die Welt ist aus den Fugen geraten und er weiß, dass er nie mehr zur Theorie vom Ei zurückkehren kann. Gunnar hat ihn gepackt. Bekommt er jetzt seine Flügel zurück? Lars ist aufgesprungen. Wo ist Otto Hvidemann? Otto Hvidemann ist nicht zu sehen. Er wartet geduldig auf Sarg, Leichenzug und Ritual. Dann peitschen die ersten Schüsse durch die Nacht.

Gunnar ruft Lars etwas zu, der zu ihnen hinunterrennt.

»Zum Teufel, Mann«, schreit Gunnar verzweifelt. »Weg hier, Lars!« Gunnar brüllt Luffe an, der nicht begreift, warum es so kommen musste, als Lars stehen bleibt. Das

Licht. Das Blinken, das Signal vom Viadukt. Er schwenkt die Lampe, der tapfere Puppenhausbauer.

»Der Zug, Gunnar«, murmelt Luffe heiser, fast wie im Traum.

Gunnar stößt ihm hart in den Rücken. Neue Schüsse, mehr Licht, weitere Stimmen, Befehle und Hundegekläff.

Gunnar hat Luffe die Böschung hochgestoßen und dreht sich zu Lars um, der das pendelnde Signallicht anstarrt. Åge brauchte es wirklich nicht so toll zu treiben.

»Lars! Was machst du, Mann!«

Gunnar rutscht zu ihm herunter. Packt ihn am Kragen.

»Aber ... Gunnar ...«

»Wir sind verpfiffen worden«, faucht Gunnar. »Weg hier. Wir machen, was wir verabredet haben.«

»Verabredet?«

»Zum Pavillon. Sag mal, was ist in dich gefahren, zum Teufel? Lars!«

Lars starrt die heranbrausende Lokomotive an, die sich um die Kurve kämpft. Pralle Rauchwolken steigen über die Baumwipfel.

»Wir tauchen unter.«

Lars sieht seinen Bruder an. Untertauchen. Weg, weg. Vielleicht, vielleicht für immer. Die Gedanken wirbeln durch seinen Kopf.

»Der Pavillon, Lars. Wir trennen uns und treffen uns draußen.«

»Gunnar, Gunnar, ich muss ... zurückgehen.«

»Zurück?«

»Ja, zurück, zurück zur Schule. Ich komme später nach.«

»Sag mal, bist du verrückt? Ist dir denn nicht klar, dass …«

Weitere Schüsse. Die dunklen Schatten kommen näher. Otto eröffnet das Feuer. Gunnar und Lars ducken sich. Otto ist keiner, der sich zurückhält. Er schießt wie ein Besessener. Der Zug schnauft wie ein Tier.

Gunnar starrt Lars an, der seinen Blick mit einem kurzen Zurückwerfen des Kopfes beantwortet. Gunnar wendet den Blick ab.

Für eine kleine Sekunde, aber vielleicht bis in den Palast des Sultans.

»Okay, Lars«, sagt er leise. »Aber pass auf dich auf.«

Lars lächelt und nickt. Gunnar zieht ihn an sich. Und macht drei Schritte die Böschung hinauf.

»Und grüß sie«, sagt er.

Er ist verschwunden, ehe diese Worte richtig angekommen sind.

Lars starrt wie gelähmt den Zug an und verflucht ihn in die hinterste Hölle. Von der anderen Seite jagen Feuerstöße aus Ottos Maschinengewehr. Die Deutschen haben feste Stellungen eingenommen. Lars läuft nach links die Böschung hinauf und von dort kann er fast das ganze Gelände überblicken. Es wimmelt von deutschen Soldaten. Da taucht plötzlich Otto Hvidemann auf. Und rennt quer über die Schienen, zehn Meter vor der schnaufenden Lokomotive.

»Otto«, flüstert Lars. »Lass das … lass das, Otto …«

Die Schüsse hallen von den Bäumen wider. Zehn, zwölf Soldaten rennen die Böschung hinunter, hinter Otto her, der Luffes Holzkasten unter dem Arm trägt.

Gunnar ist verschwunden, Luffe ist weg und Åge hoffentlich auf dem Heimweg. Heim zu seinem Puppenhaus. Lars bleibt stehen. Jetzt hält er die Luft an. Otto läuft mit langsamen, übertriebenen Bewegungen, wie unter Wasser. Da ist der Zug und da sind die Lichtkegel, die sich über den Wald erheben.

Grüß sie, sagte Gunnar.

Die Soldaten zielen, sie sind sehr nah. Was zum Teufel macht Otto? Lars schießt. Zum ersten Mal. Otto blickt auf. Jetzt wird ernsthaft das Feuer eröffnet. Aber Otto bleibt, wo er ist, und wartet.

»Jetzt lauf doch, zum Teufel, Otto«, schreit Lars, als der Zug vorbeikommt. Im Rauch kann er sehen, dass Otto einen Fuß auf den Griff des Holzkastens setzt. Die Lokomotive ist nur wenige Meter von den Sprengköpfen entfernt. Otto wartet. Eine Sekunde verstreicht, dann explodiert der Wald. Die Schienen bäumen sich auf, Schwellen zersplittern und Splitter bohren sich wie Projektile in die Baumstämme, hinter denen die Soldaten in Deckung gehen. Aber unverdrossen folgt der Zug weiter seiner Bahn. Otto ist verschwunden, alle Geräusche sind verstummt. Nur die massive Lokomotive und ihre vielen Wagen mit Kanonen, Flaks und Panzern fahren in einer langsamen, traumhaften Bewegung weiter. Mit ohrenbetäubendem Krach und schrillem Kreischen ändert der Zug seine Richtung, kippt um und sinkt in einer entsetzlichen Kettenreaktion auf die Seite.

Lars jagt durch das Dickicht, verschwitzt und erfroren zugleich. Das Blut hämmert in seinen Schläfen, Fieber, Fieber. Weg, weg. Aber er kümmert sich nicht um die

Schmerzen in Beinen und Füßen, Waden und Oberschenkeln, sondern tritt nur härter in die Pedale, mehr und mehr verzweifelt.

Die Schule liegt da im dunklen Licht. Die Vorstellung ist längst beendet und der Ball in Gang. Er hört sanfte Klarinetten und süßliche Saxofone. Lars wirft das Fahrrad hin und rennt durch die Seitentür hinein. Hinunter zum Umkleideraum. Niemand zu sehen. Die Treppe hinauf. Mit hängender Zunge. Vor der Aula steht eine kleine Gruppe. Anna ist bei ihnen. Als sie Lars sieht, geht sie hinein. Lärm quillt aus der Tür. Der Lärm von Fest, Farben und Lachen. Er öffnet die Tür zum Physiksaal und setzt sich auf eine Bank, spürt die Müdigkeit wie einen Hammer im Körper. Die Tür wird geöffnet.

Sie trägt ihr dunkelrotes Kleid. Die Haare hat sie hochgesteckt. Sie sieht älter aus, stellt er fest.

»Lars ...«

Er nimmt ihre Hände. Endlich. Küsst die Fingerspitzen. Sie lässt eine Hand durch seine Haare gleiten. Küsst ihn sanft.

»Es ging nicht ... so, wie wir wollten«, murmelt er. »Nicht ganz wie geplant. Aber ... verstehst du ... Irene ...«

Sie küsst ihn immer wieder.

»Du musst wissen ...«

Sie nickt.

»Das weiß ich.«

»Außerdem muss ich wieder fahren.«

»Warum?«, flüstert sie.

Er macht sich frei und schüttelt den Kopf.

»Ich komme zurück, das verspreche ich.«

Sie nickt und nimmt seinen Kopf zwischen ihre Hände. Still, still. Er kommt auf die Beine, die unter ihm nachzugeben drohen.
»Zum Teufel, wie bin ich müde.«
Und dann wird die Tür geöffnet. Lars fährt herum. Das Deckenlicht leuchtet auf. Der Antennenwels sieht ihm voll ins Gesicht. Hinter ihm stehen zwei Offiziere und eine Gruppe Soldaten.
»Lars Balstrup, Sie sind verhaftet!«
Der Gestapomann hält eine schöne bernsteingelbe Meerschaumpfeife in der Hand.

19. Kapitel

Als Lars Gunnar, Luffe und Åge wiedersah, war das auf dem sonnigen Gefängnishof, wo sie mit dem Rücken zur Mauer, die mit Handschellen gefesselten Hände vor dem Bauch, antreten mussten. Anwesend waren dänische Gefängniswärter, deutsche Soldaten und ein sehr förmlicher Haftverwalter, der irgendetwas Unverständliches vorlas, wobei aber niemand zuhörte.
Lars hatte fast die ganze Nacht gebraucht, um zu einer späten, aber beruhigenden Erkenntnis zu gelangen. Wenn alles abgezogen und zusammengezählt war, wenn das Bild von Irene eingerahmt und aufgehängt war, wenn sämtliche Verdienste gebucht und registriert waren, an diesem 23. Dezember 1942, dann bereute er nichts.

Eher im Gegenteil. Und derselbe blanke Trotz leuchtete auch aus Gunnars und Luffes Augen, zusammen mit einer Wärme wie eine vorsichtige Sparflamme, ein Feuer, das man nicht löschen konnte, weder mit Handschellen, Gefängnis noch Deportation. Vor Gericht würden sie aufrecht stehen und alles zugeben und damit dem ganzen Land eine Botschaft schicken. Nur Åge sah aus, als ob er etwas verloren hatte, das nichts mit Weihnachten oder dem Puppenhaus seiner Schwester zu tun hatte. Vielleicht eine Form von Unschuld, eine Reinheit, die er vorher behütet hatte und die er von nun an entbehren musste. Lars begegnete Gunnars Blick. Der Bruder zwinkerte ihm aufmunternd zu. Es war der alte, der treue, muntere Gunnar. Vor allem der vergebende.

Der Antennenwels, alias Svend Hansen, tauchte auf. Mit langen, abgemessenen Schritten kam er auf sie zu. Vielleicht hatte er das die ganze Nacht geübt. Er hatte die Hände auf dem Rücken verschränkt, und nachdem die Front abgeschritten war, blieb er vor Gunnar stehen und starrte ihn an, wobei er leicht auf den Fußspitzen wippte.

»Ja, das wäre das, Gunnar Balstrup«, sagte er. »Der … Tanz ist jetzt vorbei.«

Gunnar starrte vor sich in die Luft, als er sagte: »Da irren Sie sich, Svend Hansen, er hat gerade erst angefangen.«

Der selbstsichere Gesichtsausdruck des Gestapomannes drohte umzukippen. Schließlich bekam er einen gemeinen Zug um den Mund und trat schnaubend einen Schritt zurück. In diesem Moment wurden die Hoftore geöffnet. Ein schwerer graugrüner Panzerwagen rollte auf den Hof. Hinten hatte er nur zwei solide vergitterte Gucklöcher. Dieser Anblick gab Svend Hansen sein Selbstvertrauen zurück.

Er zog Gunnars Meerschaumpfeife aus der Tasche und musterte sie voller Zufriedenheit. Die Pfeife aus Viborg mit Blichers Beißspuren.

Inzwischen wurde Åge Terkelsen in den Wagen gejagt. Danach kam Luffe an die Reihe. Schließlich Lars und am Ende Gunnar, der sich auf dem Trittbrett zu dem Gestapomann umdrehte.

»Wo habt ihr sie gefunden?«, fragte er ruhig.

»Im Depot«, antwortete Svend Hansen. »Auf dem Boden.«

Die Türen wurden geschlossen und verriegelt. Im halbdunklen Raum saßen vier Soldaten. Draußen wurden Motorräder angelassen.

Lars saß neben Luffe, als sie in der frühen Dämmerung aus der Stadt fuhren. Ihnen gegenüber saßen Gunnar und Åge. Sie sahen ins Leere. Sie fuhren am Fjord entlang. Der Wagen war schlecht gefedert und bewegte sich schwer und langsam.

Åge betrachtete seine Hände. Er tat Lars Leid. Morgen würde Schwesterchen Agnete ihr schönes Puppenhaus bekommen, aber der glückliche Geber würde nicht dabei sein. Vielleicht dachte er daran.

Lars dachte kurz an seine Eltern zu Hause im Pfarrhaus. Er sieht sie vor sich auf dem Rasen. Seltsamerweise ist Sommer, die Sonne scheint, die Wäsche flattert im Wind, die Flagge ist hochgezogen. Sie stehen nebeneinander,

als ob sie fotografiert, gerahmt und aufbewahrt werden sollten.
Weitere Bilder flackern vorbei. Organist Rosen in seinem kleinen Zimmer. Vor der Wand mit den Aquarellen aus Hildesheim. Von einer Frau namens Nina. Ob sie wohl noch lebt? Und lebt Philip Rosen noch? Ein ewig stehendes Bild eines Schneemannes in roter Sonne. Irene steht links neben ihm und blickt direkt in die Kamera, ganz ohne Ausdruck.
Lars klappte das Album zu und dachte an den Rektor, der hoffentlich eine Kerze für sie anzünden würde.
»Ich wusste doch, dass ich etwas übersehen hatte«, murmelte Gunnar. »Ich dachte, ich hätte sie auf dem Dachboden oder in der Sakristei verlegt. Oder vielleicht bei dir zu Hause, Luffe.«
Åge sagte, sie verließen die Stadt, das könnte er hören. Es klang so endgültig. Die Stadt verlassen. Auf dem Schreibtisch dreht sich Lars' kleiner brauner Globus, mit Ländern, Kontinenten und Ozeanen.
In diesem Moment erklang am Fjord dreimal ein heiseres Tuten.
Der vertraute Laut der kleinen Fähre, und doch noch etwas ganz anderes.
Lars sah auf und begegnete Gunnars Blick.
Jetzt erklangen noch einmal die drei Warngeräusche. Ein Signal für die Stadt, die Wehrmacht, vor allem aber für die Insassen des Gefangenentransports.
Drei triumphierende Signale. Otto Hvidemann! Er war entkommen. Er war frei.
Gunnars Gesicht leuchtete von innen her auf. Ein glück-

liches und dankbares Lächeln. Luffe legte den Kopf in den Nacken und lachte schallend. Sogar Åge wurde munterer und wiegte sich jubelnd hin und her.

»Otto«, flüsterte Gunnar bewegt. »Du hast es geschafft, Otto.«

Sie stießen gegeneinander, als Luffe anfing auf den Boden zu trampeln. Er hatte Tränen in den Augen. Åge und Lars fielen ein. Gunnar und Luffe starrten einander erregt an und stimmten ihren alten Vers an. Laut, klar und deutlich.

Lars legte den Kopf an die Wand und schloss die Augen. Seine Lippen folgten dem Lied über die vier alten Nazischwein', aber vor sich sah er wieder das Bild eines sorglosen Jungen, der ein Boot durch flaches Wasser zieht, auf der Jagd nach Miesmuscheln. Ein Sommertag in Dänemark.